U0130599

賜官精選文集

三國啟示學

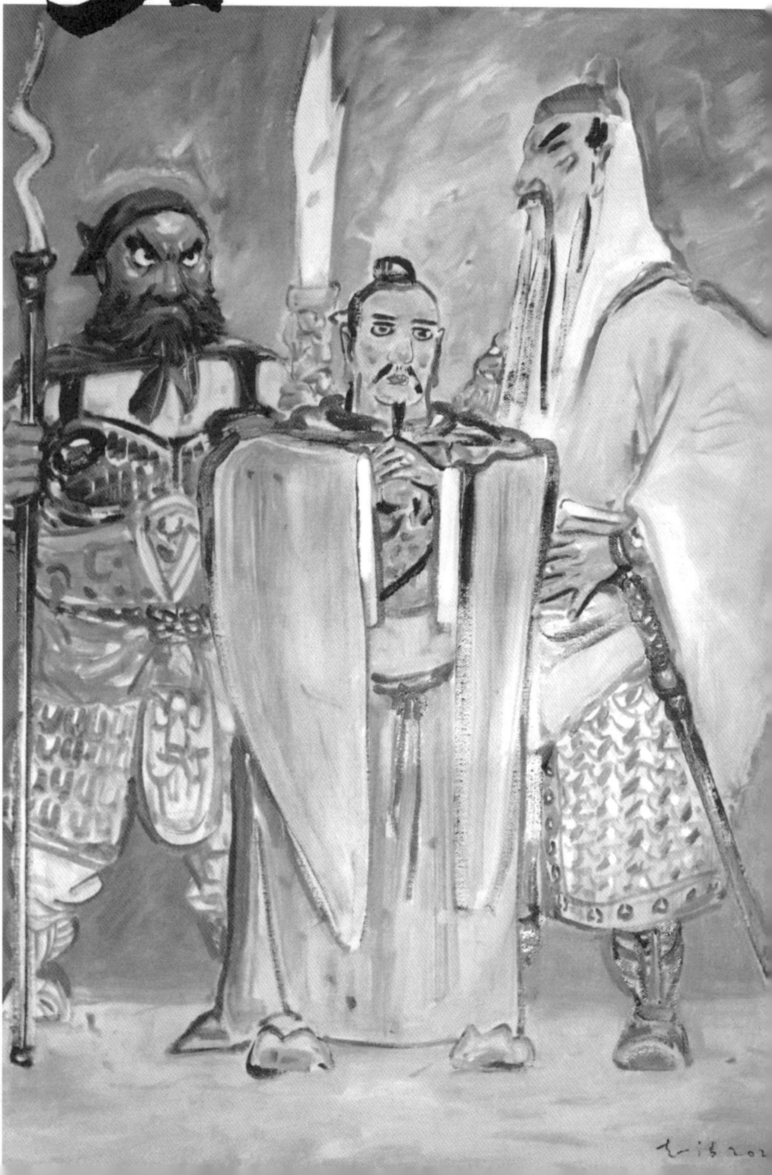

劉天賜 著

天地
www.cosmosbooks.com.hk

書　　名　三國啟示學——賜官精選文集

作　　者　劉天賜

封面圖提供　李志清

責任編輯　蔡柷音　張梓桓

美術編輯　蔡學彰

出　　版　天地圖書有限公司
香港黃竹坑道46號
新興工業大廈11樓（總寫字樓）
電話：2528 3671　傳真：2865 2609

香港灣仔莊士敦道30號地庫（門市部）
電話：2865 0708　傳真：2861 1541

印　　刷　美雅印刷製本有限公司
香港九龍觀塘榮業街 6 號海濱工業大廈4字樓A室
電話：2342 0109　傳真：2790 3614

發　　行　聯合新零售（香港）有限公司
香港新界荃灣德士古道220-248號荃灣工業中心16樓
電話：2150 2100　傳真：2407 3062

出版日期　2023年7月 / 初版・香港

（版權所有・翻印必究）
©COSMOS BOOKS LTD. 2023
ISBN ： 978-988-8551-04-0

自序

這本小冊子（《三國啟示錄》），原是一九九五年由次文化堂出版初版，當時填詞鬼才黃霑未死，我請他作序，而成為一時之「笑談」，同為他謬讚此文一兩句，使到此書大賣！

此書是「啟示錄」之一，以「啟示錄」作書名我是起先應用者，因為《聖經》有《啟示錄》，中文有受到啟示之意，拿來一用。有《水滸啟示錄》、《後亂世啟示錄》、《霸權啟示錄》等等，得老友吳昊（故）作總序，他寫得十分出色。

我讀中國「四大名書」，有其心得，必記下來，便成小書。《西遊記》、《紅樓夢》讀後未有另外撰寫成書，但《西遊記》有句成我的座右銘：「遇方便時行方便，得饒人處且饒人」；《紅樓夢》有句：「世事洞明皆學問，人情練達即文章」，常在心中也。

《三國演義》由曹操「少年賭客」講起，話他有「急才」（急才不常有，多見多聞自然多生急才）。以至鄧艾攻入了成都，三國史完畢，又出現——統一局面開始。

羅貫中寫的《三國演義》有多真實？

他是集合了多處傳聞而成；「孔明借箭」等是偽作，關公之忠義及張飛之魯莽有誇大之談。但言明乃「演義」，可以說姑且聽之，可不為過也。

其中以「楊修之死」至為教訓。楊修是個聰明人，但是聰明反被聰明誤，不可持：以為有小聰明，便不可一世，是楊修被曹操所殺之因由也。

點頭不是答應。白門樓上，劉備點頭似乎答應了呂布為他向曹操求情，事實不是，他只是表示「知道」而已，凡老闆、上司點頭，大家知其所意也。

關公有「三不降」，乃是「下台階」也。他必定會投降的，但人要面，樹要皮，他要下台之階，「三不降」正好受用。

婚姻是神聖的，但政治婚姻是污穢的?!

呂布嫁女入袁家一事，劉備過江招親一事，都屬醜事。怎可以五十多歲娶十多歲少女仍有愛情？作出來的呀?!不只，還助夫抗吳軍，大逆不道之致，且有不正倫常的行為，古時女人是做不到的，但故事如此，又何必駁故呢？政治婚姻是頂壞透之事，信焉！

今由天地圖書再出精選文集，從《三國啟示錄》、《三國勝經》、《亂世備忘手冊》、《處世金鐘罩》及《蓋世神功》之中選輯精華。這本小書是現代人的想法，大有文章的。

劉天賜

《三國啟示錄》原序

總序——啟示學阿賜

「替我的啟示錄叢書寫個序如何？」阿賜官突然問我。

嘩，咁偉大差使，我頂唔順㗎。

好喇，勉為其難，頂硬上。

首先講吓乜嘢叫做「啟示」（Revelation）。

據海丁氏（Dr. Hastings）著《聖經辭典》（一九五六年香港「廣學會」出版）：「啟示二字，在《新約》原文係揭開之意。依此言之，啟示者，即上帝特示其神性於人，如揭去上帝面上之帕，而使人心眼得見光明也。啟示之字義，包含甚多，就廣義說，凡是事可以廣人之知識者，即啟示也。就狹義言之，得知上帝意旨，乃真啟示也。」

《舊約》是最古老的人類歷史，但又最永恆，因為人性很 Universal，很Never-ending，從中發掘知識，給今人今社會啟示，替今之人性行為模式找尋規律，這就是劉氏寫這系列叢書的意旨也。

其實，整部《聖經》都很重視啟示文學，尤其《新約》最後的篇章《啟示錄》（*Apocalypse*），更是啟示文學中的奇葩也。

沒錯，自從皇牌《啟示錄》面世（相傳耶穌門徒約翰在Patmos島上得啟示而寫）之後，就出現了Apocalypticism——可譯作「啟示主義」或「啟示學」，而啟示學者（Apocalyptist）窮其畢生智慧，追尋和傳播啟示知識。

我們的阿賜這幾年致力開拓香港文化的「啟示學」，而且係廣義的應用，例如他的《三國啟示錄》、《春秋啟示錄》，而甚至他的《小寶神功》和《處世金鐘罩》都屬於啟示學問。

我曾經對他說：「喂，你的啟示學，大可以開山立派了！」

「好呀，值得考慮！」

不過，做智者唔容易，因為平日言談要表現得機智……

例如，某日我們一班行政人員認為今之打工仔唔畀面老細：「唉，佢吔正一係打工皇帝！」

阿賜妙語：「所以，我係打工奴隸。不過，喺奴隸之中，我係伊索！」

是了，伊索，奴隸出身，他充滿啟示學的機智寓言傳誦千多年至今，實在好值得為他寫《伊索啟示錄》也。

「賜官，你認為怎樣？」

吳昊

代序——劉天賜奇人奇書

等劉天賜出佢本《三國啟示錄》單行本，足足由一九八四，等到一九九五，等足十一年，先至等到。

呢本書，初初響《東方日報》連載嗰陣，我已經日日追，而且，每人睇完，都拍掌。

唔係劉天賜，寫唔出呢本書。

天賜大哥，係創作奇才，亦係管理奇才，今日無綫電視嘅制度，有大部份，係佢出橋創立嘅，唔係一位又識創作，又識管理嘅雙槍五星上將，寫唔出呢本咁精彩嘅書。

因為唔夠 Quali。

夠 Quali 嘅人，唔會寫。

喂！獨得之秘嚟㗎，咁輕易公開話畀人聽咩？《東方》稿費再高都唔肯制嘅。

所以係劉天賜至寫得出呢本書。

佢一來睇明晒三國魏、蜀、吳班友啲蠱蠱惑惑，洞悉其奸，夠料將佢哋嘅政治手段，同政治策略，逐一抽絲剝繭咁詳加分析，二來佢係文人出身，而文人，先至有無可抑止嘅發表慾，有體會，唔講出嚟，會周身唔聚財。

商界長才，明白《三國演義》中描述嘅政治人物所作所為嘅，或者唔少，但係唔肯寫出嚟嘅。

只有劉天賜，呢個創作高手，先至會將自己心得，完全毫無保留，特別大披露大揭秘大篤爆，和盤托出嘅啫。

擒日啱啱響塞蒲魯斯返，一見呢本書，即刻重溫。一揭第一頁，死，六個鐘頭就咁報銷咯。

完全放唔低劉大哥呢本《三國啟示錄》添，認真手不釋卷咯。

睇完，即刻打電話去「天地圖書」，訂十本，分贈親友。

三個仔女，一人一本。

兩本，送畀黃門弟子。

實用到極嘅奇書，唔益自己友，唔得。

然後急call劉天賜，再一次衷心讚譽佢呢本令我一等，足足等咗十一年嘅精彩傑作。咪話有好嘢唔介紹，呢本《三國啟示錄》，你真係要買，唔買唔睇，你走寶咯！

黃霑

自序

一九八四年蒙《東方日報》馬澄坤社長邀請撰寫專欄，開始了半專業的作家生涯。我之選《三國啟示錄》為第一次下海題目，因為工餘重看《三國》，發現對我有很大的啟示。在電視台辦公室工作，每小時都要對付不同動機、不同來歷、不明不白、不三不四、不打不相識的各類人物和事情，怎麼辦好呢？翻一翻《三國》，居然發現了辦法，天靈蓋上的燈泡居然亮起來。我把當年工作上的心得、忿恨、難題、觀感，都借這個專欄「發洩」出來。

當收到幾位世伯讚賞之後，竟然膽大起來，想結集成書，把一時之忿公諸於世。幸好出版社使我平靜下來，十年之後，始成書出版。雖熬了難耐的「十年之癢」，卻沉澱了多少膚淺的見解。未讀《三國》的讀者，可先讀拙作以增看《三國》之興趣，既熟讀《三國》的讀者，可不需客氣邊看邊罵，言論自由的社會，你有你的啟示，我有我的啟示哩！

劉天賜

《三國勝經》原序

自序

《三國勝經》是繼《三國啟示錄》之後，撰寫《三國》的書籍。《三國演義》是現代社會各階層人士的最實用小說，書中各式人物，各種計謀，各樣言辭，都與現實生活有極相似的影子，蓋皆是亂世的行為與語言呀。撰寫《三國啟示錄》時，進入社會工作約十多年，感到周圍遇到的人物，相似諸葛亮、姜維、關羽、張飛的智慧型、忠義型、剛直型者甚少，而相似董卓、周瑜、楊修等等專橫而不明智、勢利而不誠實以及聰明而不謹慎的人甚多。至於「大奸大惡」、「梟雄」、「奸雄」式人物如曹操、劉備、孫權和司馬懿的人物，卻是不多；半桶水的奸惡人物、下三濫的梟雄和學藝不精的陰謀家則俯拾皆是。社會生活上所遇、所見、所聞的傷天害理、詭計多如天上繁星，機智取勝的妙計反而絕無僅有。掩卷之餘，發而為文，值此一洩心頭的積忿。

十多年後，多次重讀《三國演義》、《三國誌》及有關「三國」的資料書籍，再比較、觀察，分析古代人物、故事與現代人物、實況，以不超過五百字的短小文章，再次寫出三國亂世的啟示，不再洩忿，乃在警惕，警惕自己及讀者須防範同一典型的奸險人物、陰謀詭計，同時建議拆穿虛偽面目、化解毒計的心得。

逢此亂世，不敢宏觀地高唱「正統」、「忠義」，只是微觀地指出應付陷阱、圈套的辦法；亦不敢妄言教導「正氣」，只敢指出如何避免「邪氣」的侵害。

所謂「勝」，並不表示致令對手「敗」。蓋凡「勝利」，必付出若干代價，尤其在亂世之中，幾乎沒有全勝，只可以「慘勝」而已。避免「中招」可算謂「勝」了。其實，勝利之可貴，不在乎戰勝對手，而在於「戰勝邪惡的對手」。

《三國勝經》是繼《亂世備忘手冊》的作品，所選的故事、人物從《三國演義》第六十回開始。該段時間是三國鼎立的開始至三國盡歸晉為止，雖然主要人物如劉備、曹操、關羽、張飛、諸葛亮相繼去世，然而登場的人物如姜維、魏延、曹丕、司馬懿等，也是不可多得的政治人物，故此所能啟示的甚多。希望讀者從此「勝」書獲得較實用的啟示。文章之後，附加歷史人物介紹，參考正史的記載，對於不甚熟悉歷史人物的讀者，有參考價值。

劉天賜

識於一九九七年一月

目錄

第一章　為人處世

第二章　領袖品格

第三章　奇謀大略

第一章
為人處世

恃才．傲物．喪命

今段講一個並不十分出名的三國人物，他姓禰名衡，字正平。他是孔融之友（孔融就是「孔融讓梨」的主角）。據孔融所說，其才十倍於他。

孔融推薦禰衡給曹操，曹操召見他。禰衡第一個印象就使曹操生氣。

曹操和他敍禮之後，並沒有賜坐，禰衡便仰天長嘆：「天地雖闊，何無一人也。」初會曹丞相，禰先生沒有半點懼色，反而口氣甚大，如食咗一擔蒜頭。

曹操乃係唔肯認輸之人，哪會被他大言所嚇倒呢？曹操答曰：「吾手下有數十人，皆當世英雄，何謂無一人？」禰衡十分傲氣地問：「我很想聽一聽他們是誰？」在禰衡心中，當然知道曹操所指是他手下一班文官武將，故意詢問，以作後面批評了。果然曹丞相逐一數來，個個都機謀深遠、武功蓋世。哪知禰衡聽後，笑（當然是譏笑）曰：「公言差矣。」

讀者諸君：禰衡以下一番說話，盡數曹營文武官員之低能！只可使之弔喪問疾；看墳守墓；關門閉戶；白詞念賦；擊鼓鳴金；牧牛放馬……總之，都不是做大事的人才，歸納一句，他們都是衣架、飯囊、酒桶、肉袋而已！曹操聽了，當然大怒。

各位讀者，罵人不可罵其下屬，因為下屬不才，會反映波士不好，狗瘦主人羞，何況下屬乎？稱讚人卻先從他下屬讚起，因為下屬都是俊彥之士，波士一定更加了不起。這是襯托法，必須牢記。

言歸正傳，曹先生怒問禰衡：「汝有何能？」禰衡答道：「天文地理，無一不通，三教九流，無所不曉；上可以致君為堯、舜，下可以配德於孔、顏，豈與俗子共論乎？」

禰衡大讚自己，聽起來十分誇張，究竟有何居心呢？我猜想：他不可能是神經病。他其實想販賣自己給曹操。這種販賣術是語不驚人死不休。希望來一個「嚇」字訣，使曹丞相對他的印象加深，日後重用之，並可淩駕於荀彧、郭嘉之上，成為曹氏集團第一號參謀，第一號助手。

殊不知曹操不受這套，愈是誇張，曹操愈是憎恨。有些波士不會喜歡下屬有任何一點超勝他的，更不喜下屬大言不慚。禰衡老兄並沒有摸清曹丞相的脾氣，就以為與眾不同的表達方法可以打動他，反而害了自己的前途。

曹操雖然反感，但不殺他，使他做鼓手，意圖一滅他的傲氣。哪知禰衡真的恃才傲物，撾鼓之際，竟然盡脱衣服，裸體而立，大罵曹操眼濁、耳濁、身濁、腹濁、心濁！好一個曹操，練得一身忍功，並不殺之，派他去見劉表，望劉表殺他。劉表又順水推舟使禰衡去見黃祖，卒被黃祖所殺，完成曹操借刀殺人之計。禰衡的為人可能是個天才，他自讚的才能可能真實，可惜這樣恃才傲物，過份看輕其他的人，注定失敗。

我認為天下的人，其聰明程度一定相差很少。你想到的，人亦可以想到，你學到的，人亦可以學到。決不可以為自己是最聰明最了得的人，決不可以認為全世界的人皆比自己蠢，否則必自招其禍矣。

下台學

曹操是一位識貨之人，他見過關羽，對他的武藝、為人十分欣賞，希望收為己用。他也知道關羽是劉備的兄弟，強行要他投降，可能弄巧反拙。如今與劉備反目，已得徐州，又攻下邳，派人做説客，説關羽投降，一則可免打仗死傷，二則可如所願。

當時，關羽保護着劉備妻小，死守下邳，劉備隻身投袁紹去了。曹營中大將張遼挺身而出，願作説客。大家可記得這位張遼先生嗎？他就是在白門樓大罵呂布：「死則死耳，何懼之有？」的呂軍將頭，當時幸得關羽説情，請曹操放他一馬，饒他一命，後來降入曹營的。

曹操先派夏侯惇力攻，關公抵擋不住，帶着劉備妻小逃到一座土山上暫避。張遼便趁此機會上山説關羽。

這是「軟硬兼施」之計。但凡要使人屈服、歸順，單靠硬來，遇上骨氣重的人，往往做成僵局。單靠軟攻，也使對方有機脫身。曹操今次用的正是先硬後軟之計。

張遼對關羽分析當時的形勢，說出關羽若拼死，就有「三罪」；保全性命，則有「三便」。

三罪者：一、負當年桃園之約；二、負劉備託妻小之責；三、死為匹夫之勇，失義。

三便者：一、可以保劉備兩位夫人；二、不背桃園之約；三、可留有用之身。

卒之，關羽反提出三約為條件，始平息這次戰役。

三約者：一、降漢不降曹；二、要供給劉備兩位夫人皇叔階級的俸祿養贍，甚麼曹營人等，皆不可以上門；三、但知劉備去向，不管千里，便會告辭而去。

我在《小寶神功》一書中曾經舉過這個故事作例，講述做人必須要留有餘地，使對方便於下台。曹操先生已迫關羽到這個角落，不留餘地要他無條件投降，一定使關羽死戰，情況僵化得死硬。好一個曹操，他見關羽已自找梯級下台，便順其人情，願意接受關羽所提之條件。

我曾指出，讓人家下台是很重要的行動，切不可以推人於死角。事到臨頭，自己也要主動找一些下台藉口，好使情況轉圜，保持體面。關羽提三約，便是自己找下台的藉口。曹操接受關羽之三約，便是扶關羽下台的行動。兩者互相扶下台，萬事都可以水到渠成矣。

甚麼談判高手，甚麼講數伎倆，都脱不了使對方如何下台的技術。各位親愛的讀者，望經常警惕自己，永遠準備樓梯給自己及別人下台。

以上是《三國演義》的故事。但翻查正史，《三國志·關羽傳》載：「建安五年，曹公東征，先主（劉備）奔袁紹。曹公禽（擒）羽（關羽）以歸。」根據這條記載，曹操是活捉關羽押回許昌的，亦沒有記載三罪、三便、三約的條文，可想關羽是無條件投降給曹操的。

後世寫演義的作家，大抵覺得關羽無條件投降給奸相曹操是不光彩的，也大失關羽的形象，便改寫上述一段故事。

現在的關羽形象，已不是完全歷史上記載的關羽形象，而是人群生活渴求的忠義形象矣。

小心感情

《三國演義》中記載，關羽提出了三個條件才降漢不降曹，曹操欣然接受，並親身出轅門相接。當時情況描述如下：

關羽下馬以禮拜見曹操，並客氣道：「敗兵之將，多謝不殺之恩。」曹操道：「久仰關先生忠義，今日有幸相見，足慰生平之望。」關羽道：「我提的三個條件得到丞相接納，希望你遵守諾言。」曹操道：「如劉備不是戰死，你可以再去投靠他，但恐怕已在亂軍中陣亡了。你暫時可以放心，我派人替你打聽。」

曹先生身為一國之相，其實掌一國之皇權，對區區一個戰敗的關羽如此厚待，有何居心？無他的，想收買人心，引誘關羽入局而已。

以下是他的行動：

曹操向漢獻帝引見關羽，獻帝加封關羽為偏將軍。很容易看出，是曹先生指派天子加封關羽的，亦回應關羽降漢不降曹的大宗旨。

次日，藉故大宴，會齊文武官員，請關羽上座，大送厚禮，禮品包括綾錦及金銀器皿。

再一日，曹操見關羽所穿的綠錦戰袍已經殘舊，即令裁縫依他的身材，用異錦（上好的錦）製作戰袍相贈。雖然關羽接受後，仍用劉備所贈的舊袍蓋新袍，曹操只是心裏不舒服，口中不敢説甚麼！

再一日，曹先生見關羽，問及他有沒有統計過有多少條美髯。關羽答：「約有百根，但每逢秋天約有三五根甩掉，冬天多用皂紗囊罩着，恐防折斷。」曹操一聽之下，立刻又令人縫了一個紗囊贈給關羽護髯。關羽早朝獻帝時，帝問及其髯，十分稱讚，遂有「美髯公」之名了。

各位可見曹操服侍關羽，猶如服侍女朋友一樣小心體貼，極盡細微小心之能事。

再一日，曹先生發覺關羽的馬瘦不堪言，立刻叫左右備一馬來。這匹馬大有來頭，馬身如火炭，十分雄偉。關羽乃馬上生活的戰士，立刻認出乃當年呂布之名駒「赤兔」。

所謂寶劍贈義士，紅粉贈佳人，將士對於寶刀好馬，當然由心恨到出口。曹操捉着這個心理，馬上送上「赤兔」。關羽得此名駒，自然十分高興，再三拜謝。

曹操怪而問雲長，何故經常贈金帛美女，都沒有拜謝；而對於贈馬，又再三拜謝，是賤人而貴畜耶？

關羽答道：我知道這匹是千里馬，若果一日知劉備下落，可乘之儘快和他見面了。

這句話，就潑了曹操一頭冷水。

但凡波士及朋友，有過份禮待要求，一定有其居心的。俗語有云：「邊有咁大隻蛤乸隨街跳？」一如曹操厚待關羽，其最大目的是收買他的感情，由封官、贈袍、贈金、贈護髯囊，再到贈赤兔馬，都是想取得他的歡心。關羽是人，人非草木，誰屬無情。見曹先生的禮待，怎會不感動。只不過礙於忠心劉備，才不降曹而已。所以，我們做人處世，經常要注意分析別人態度行為的動機，才去接受別人的感情。一旦無條件接受了感情，很容易為人利用。收買人心，利用感情作武器，實在是比刀劍槍炮還厲害的。

讀者諸君，宜小心「感情」這把利刀。

張聖帝

古城會是《三國演義》描述劉、關、張三兄弟失散之後重會的故事。話説關羽保護甘、糜兩位夫人，過五關斬六將，收了周倉、關平、廖化等將。來到古城，知道張飛駐軍在此，十分高興，命孫乾入城告張飛。豈料張飛聽見關羽來到，默然不語，隨即披褂上馬，舞動丈八蛇矛，引一千餘人直殺出城。

只見張飛圓睜環眼，倒豎虎鬚，吼聲如雷，揮矛向關羽便刺（張飛的尊容，可想而知，十分兇猛，真是成年人見了也喪膽，鬼怪見了，也退避三分）。關羽大驚，忙問：「賢弟何故要殺我，忘記了桃園結義的盟約嗎？」張飛道：「你既無義，有何面目與我相見？」關羽問：「我如何無義？」張飛答：「你背叛了兄長，降了曹操，封侯賜爵，我要同你拼個死活！」

張飛的為人被羅貫中描寫成魯莽、正直，卻不甚注重他的忠義。如果說關羽忠義，我亦讚揚張飛亦忠亦義。張飛的忠義，一定媲美關羽，是同等級數。後世人尊關，不甚尊張，我有點替張飛先生不值。如要敬仰，要崇拜忠義的形象，我想應關、張二「帝」並列。

張飛先生嫉惡之心很重，早期對於呂布的行為，看不過眼，幾次想殺了呂布。張飛之惡呂布，因為呂布滅絕倫理，見利思遷，故飛一見就罵呂布為三姓家奴（本身姓呂，又隨丁原，再隨董卓，故為三姓）。張飛更惡曹操，因為曹操脅持漢帝，妄自稱大。他敢怒、敢恨，不怕權勢，愛恨分明，忠奸分明。聽聞關羽在曹營作戰，已恨到咬牙切齒，誤會關公已背信忘義。在張飛先生心目中，桃園結義是兄弟之情，背叛劉備，是失君臣之義。即使捨棄兄弟之情，也要匡正君臣之義。故此舉矛直刺關羽。

張飛率直，沒有機心，他的忠義觀念一點不含糊。嫉惡如仇，敢怒敢言，值得後人欽佩的。

古往今來，所謂國家棟樑，英明雄偉的士大夫，有幾多位像張飛的性格，敢率直表示心聲呢？明哲保身，敢怒不敢言的人多的是呢！

再者，後世很多人追隨劉關張之盟，結義為兄弟，甘願同生共死。有為私利而反盟約的，不勝枚舉。就算堅持盟約，多數亦是結黨聯群，互相護短，只以小團體的利益為大前提。一如張飛老哥般，能分輕重，以忠為先，以國為先，以情為後，以私為後的，我想沒有很多人吧！

觀乎這一段張飛性格的描寫，對張飛先生的人格十分推崇。我並不是全部贊成封建的忠君思想，而是覺得張飛能分辨公私，能分辨輕重，不是自私的保護山頭主義、護短主義才是真正英雄豪傑的所為。當今社會，世情雜亂，是非顛倒，指鹿為馬，指馬為狗；亦往往以人多欺人少（民主的另一個解釋），張飛的人格，最值得推廣，以警糊糊塗塗的「精」人！

功不可誇

許攸，字子遠，是曹操少年時的朋友。他在袁紹軍中做參謀。許攸這位仁兄頗有頭腦，得悉曹操的軍糧短缺，要向大本營求救，連忙向袁紹將軍獻計：「曹操屯軍官渡，大家相持不下，許昌必定空虛，假如分派一路軍隊星夜突襲他的大本營許昌，則可以攻陷許昌，亦可捉拿曹操了。現在知道曹操糧草已經用盡，正好趁這個時機分兵兩路夾攻呀！」

許攸的確有料，分析形勢，掌握機會，眼光獨到。可惜他遇上了一個該懷疑又不懷疑，不該懷疑又偏偏去懷疑的老細袁紹！

袁紹聽了許攸的獻計之後，疑此乃曹操誘敵之計。（不知道袁紹先生的懷疑有沒有證據支持？我想決然沒有。一如袁紹般的波士世間多着呢！他們自以為眼光了得，單求主觀的見解、一己的感覺而做事及下判斷，往往就會如袁紹先生一樣，誤盡戎機，可嘆也。）許攸正與其波士辯論之際，有使者報告，許攸曾犯貪污之罪，而同謀的子侄已下獄了。袁紹知道，再以極度唯心的判定法，一口咬定許攸是奸細，收了曹操的賄賂，指條黑路畀佢行。大罵許攸一頓，使到這位含冤的謀士差點兒自殺。

許攸對袁紹死了心，便把死心一橫，投奔曹操。袁紹老哥等如把自己的武器，雙手奉獻給敵人喲！

曹操聞許攸投誠，來不及穿鞋子，赤足出迎（曹先生可能故意赤足出迎，表示禮待許攸，得到他歸順，歡喜到不得了），並且手牽手帶許老哥入帳，突然拜倒在地上。許攸做夢也想不到曹先生身為一國丞相，會如此殷勤對待他，心裏有說不出的舒服。比較一下袁紹叱罵之情況，曹操禮賢下士的待遇，許攸必盡獻破袁之計了。

果然，曹先生用許攸之計，火燒烏巢之糧，急攻袁軍，袁軍再敗。在倉亭一役，用程昱之計，十面埋伏，袁紹潰不成軍，身死為天下笑矣！

再講曹操追殺袁軍殘餘至冀州，許攸又獻計攻城，他說：「攻冀州，何不決了漳河的水來淹城呢？」曹操依從他的策劃，果然見效，攻入冀州，盡滅袁軍。

當其時也，曹丞相將入城門，許攸先生策馬走近丞相，用馬鞭指向城門大聲的向曹先生說：「阿瞞（猶如瞞仔）你不得我，點可以入得這度門口呀？」觀其語氣、態度，是十分囂張的。曹操聽了，不以為意（起碼表面上），反而大笑。但其他的將士看到及聽到，心中都不甚高興。

曹先生的大笑，不知代表甚麼，也沒有人可以猜想這代表甚麼，總之，應該忿怒而不忿怒，應該歡笑而不歡笑的行為，一定包含別種意思。笑，本身表示高興，無端的笑，故作的大笑，應酬的大笑，內裏一定有乾坤，宜慎防之可也。

許攸聰明一世，卻想不到誇功的後果。一日，他遇上許褚，又再講「你們沒有我，怎可以進此門？」許不會奸笑，只會動武，一言不合拔劍殺之，提頭來見曹操。曹操只深責許褚一番，並沒有判他殺人填命，猜度曹先生心中早已有數，利用完許攸，藉此誇功開罪同事，自尋死路罷了。

請謹記，有功不可誇耀，誇功必開罪別人，你想傚法許攸老哥嗎？

孔明考劉備？劉備賺孔明？

《三國演義》中，描述劉備急會孔明，寫得十分生動。這種寫法，蓄意使孔明有一個非常突出的「出場」機會。

「出場」這個名詞，有用於劇本創作之上。但凡一個人物要登場的時候，劇作者都會安排一個場面，鋪排好一個佈局，使到這個角色在出場的一剎那，帶給觀眾難忘的印象。小說的描寫，也很注重人物的登場，如描寫孔明出場的幾段情節，寫得生動有趣，使讀者覺得孔明真是了不起的偉大人物。

日常生活中，人物的「出場」，也極為重要。出場是帶給觀眾第一個印象，第一個印象良好，比日後的形象建立重要得多。推薦一個人、介紹一個人、建立一個人性格的時候，必要先為他設計一個好的「出場」，使周圍的「觀眾」，容易「受落」，建立起第一個良好的印象，幫助他日建立鮮明的形象。

羅貫中先生怎樣帶諸葛亮老哥出場呢？容我引出大家欣賞：

先是劉備見到水鏡先生，這一位近似神仙的隱士預言劉備天命有歸，龍向天飛，必成天下領導人之一。領導天下，「伏龍」、「鳳雛」兩人得其一可安天下了。這是先引出諸葛亮與龐統的伏線。

再由徐庶離開劉備返回許都侍母之際，特別推薦諸葛亮繼承軍師的位置。徐庶描寫孔明說：「他猶如周朝的開國元老呂望（姜太公）及漢朝開國軍師張良。管仲、樂毅也不及他，此人有經天緯地之才，天下間只有這一個人呀！」

劉備又一再引證諸葛亮為當代最佳策劃人，下定決心說服他出山幫助。

劉備愛慕諸葛亮之心可謂迫切極了。聞門外有道貌先生相探，以為是孔明，實則是司馬徽。第一次顧草廬見崔州平又疑是孔明。第二次顧草廬聽歌聲，見石廣元、孟公威又疑是孔明；在草堂見諸葛均又疑是孔明。二顧草廬不果，回家途中遇孔明岳父黃承彥又疑是孔明。

總之求才若渴，見到些少近似的，都懷疑是真人。毛宗崗對此回評語如下：「……正如永夜望曙者（黑夜望天光）見燈光而以為曙也，見月光而以為曙也。見星光而又以為曙也。又如旱夜望雨者，聽風聲而以為雨也，聽泉聲而以為雨也，聽漏聲而以為雨也。又《西廂》曲云：風動竹聲，只道金珮響；月移花影，疑是玉人來。玄德求賢若渴之情，類此者……」

三顧草廬，五番誤認，卒之得會孔明。羅貫中先生暗中描寫孔明考驗劉備。當日，劉備傳報探訪，童子說孔明正在午睡，劉備不敢唐突冒昧弄醒孔明。自己輕步入室，見孔明臥在草堂几席之上，劉備很恭敬地垂手站在階下，默默地等他起牀。張飛心急，看不過眼，鬧着要放火燒宅，劉備按着他。再看孔明，翻身將起，忽又朝裏壁睡着。結果劉備站了一個時辰，孔明才醒，口中還唸：「大夢誰先覺，平生我自知。草堂春睡足，窗外日遲遲。」

我相信劉備一到埗，孔明就知，詐睡以觀其動靜而已。張飛要打要殺，

難道鬧不醒他？孔明只不過故作懶散貪睡再觀劉備反應。翻身似起又再睡，
更顯得孔明正在捉弄劉備。大唸詩句，難道是夢中所作耶？好一個劉備，
已知孔明詐睡試探，拱立以待，罰企半天一片苦心收買孔明之計而已！

成見殺人

究竟托人大腳、拍人馬屁者，是否都可以發達呢？

答案是「不」。重複一次，「決不會」！

凡老細都不喜歡別人拍馬屁、托大腳至出晒面。拍馬、托腳顯現無遺者，當必有難。我試舉蔡瑁、張允兩個大腳王的故事為證明。

蔡瑁、張允見劉琮幼弱不敵曹軍，說他投降之後，親自到曹營拜見曹操。他們一見到這位權重一時的「偉人」後，把荊州一切軍事資料，盡量奉獻，希望獲得看重，委派一官半職，保存性命。

曹操知道他們掌管戰船，便加封蔡瑁為鎮南侯、水軍大都督；張允為助順侯、水軍副都督。兩個人還了心願，認真濕地叩頭，拜別而去。謀士荀攸奇怪問道：「蔡瑁、張允兩個乃諂佞的小人，主公為甚麼如此加官顯爵，還令他們掌握水軍大權呢？」曹操先生笑道：「我怎會不識人呢？因為我們的軍隊，習慣北方土地作戰，對水戰不習慣，故此姑且用住這兩個人，等到征服東吳之後，再作理會。」

老細憎恨諂佞之徒，有客觀的理由。凡老細必恐怕別人取笑的（這一點非常重要，切記、切記），因為身為老細，必有些微聲譽，別人取笑他，會使他聲譽受損，面子有失。故此，必想盡辦法保護面子。聽信佞臣，愛好阿諛，是失面子的評語，是責罵的措辭。身為波士，必不想聽到。托腳、拍馬過於着跡，就會使波士蒙上這個污點。一有污點，他必定會設法抹除。故此，托腳、拍馬、太過諂佞之徒，一定被老細所憎惡的。

再說蔡瑁、張允的收場：

自從曹操收留他們二人當水師統領之後，並沒有訓練水兵作戰。故此，曹軍與吳軍第一次接觸，即被甘寧大敗。曹操質問蔡瑁、張允。兩人答道：「荊州水軍，久不操練，青、徐之軍（北方陸軍）又素來不習慣水戰，故致敗北。現在應先建立水師大本營，命令青、徐軍及荊州軍在水寨中、外，每日練習水戰之陣，日後才可以應敵的。」

曹操說：「你們既然身為水師都督，可以便宜行事，何必稟告我呢？」大有譴責之意。

蔡、張兩將立刻開始練兵。周瑜得知此事，連忙去偷察軍情。見到他們練兵的情況，也嘆道：「此深得水軍之妙也！」然後他探查出負責人是南軍降將蔡瑁、張允，即設計除去兩人。

蔣幹先生渡江試探軍情，周瑜老哥利用他帶回一封反間計的偽書，使到曹操誤會蔡瑁、張允二人是潛伏的臥底，殺了他們，毀滅了唯一可依靠的水師訓練人員，間接使到他日後水戰失敗。

曹丞相立刻後悔，但人頭已經落地，補不上去。曹丞相之殺蔡、張二人，實非完全中周瑜的反間計的。他對這兩位阿諛的小人，已經不滿，失去了信心，一旦對某人失去信心，他做甚麼事也會惹起猜疑之心的。

瓜田李下，處處都像證據不虛，此是為個人成見也。曹操殺蔡、張二將，是有成見在先。各位讀者，切勿給上司、朋友一個不良印象，製造壞的成見呀！

可惜蔣幹

我認識蔣幹這個名字，是讀《三國演義》。這位仁兄一心以為可以打探周瑜先生軍事秘密，怎料處處被周瑜看破，並利用他為反間之計。加深我對蔣幹這個名字的印象是一個燈謎。有一次在某場合看燈，謎面乃「宋美齡」——猜《三國演義》人物一位。

在正史上，的確有蔣幹這位人物，他是一個風度翩翩的才子，能言善道，尤其是口才專家、辯論奇才。蔣老哥還有一個條件是其他曹軍謀士沒有的，他與周瑜先生乃是同鄉。

大家生活在香港，日間過着繁忙的社交生活，很難想像古人儉樸的生活。古代，鄉誼這個關係已經是很親切的了。廣東佬話齋：同鄉亦有三分親。無怪乎曹操利用蔣幹獨有的條件，委任他去做間諜。以《三國演義》

記載，蔣老哥還是毛遂自薦，自命可以游說周先生歸降的。

可是一到周營，尾巴已經顯露無遺，周瑜先生是何等人物，怎會看不穿蔣老哥的動機呢？正所謂：豎起條尾，就知道你屙屎屙尿。周瑜熱烈歡迎蔣先生，但一見面就篤穿他的企圖。周瑜說：「子翼（蔣的別字），何苦遠渡江湖為曹操作說客呢？」

這叫做一針見血法。日常工作中，也會遇到兜彎轉圈的情況，明知某些人有某種企圖，但他卻努力地掩藏行徑，閃閃縮縮，或是大遊花園。這情況可用周瑜之篤穿法對待之。

凡人言語閃縮，行為鬼祟，必定有其不欲人知的苦衷。也可能見周圍人多，不敢詳言，亦可能見時機未熟不敢開口，亦可能先兜下花園，打探一下口風，打幾下邊鼓，看看反應，始作行動。直接篤穿他內心，使到他驚恐，殺個措手不及。

然而，直接篤穿別人的內心所想，並非萬試萬靈，是要看情況而定的。有些時候，要詳加了解，細心和他遊花園，互相閃縮，才是辦法。兩種做法的分別是依事、依人而定。

周瑜之篤穿蔣幹，是為了不准他進行游說，禁止他有開口的機會。再灌以佳酒，詐醉，借書，使蔣幹信了蔡瑁、張允乃暗通周營的臥底。蔣幹中正這反間計，亦不可怪責他，也不可譏笑他愚昧，因為周瑜先生所佈的局，實在精密得很，巧妙得很，若要怪責蔣幹，只能責他對自己的能力估計過高了。

蔣幹以「才辯見稱，獨步江淮之間，莫與為對」，他可能被這些讚詞寵壞了。自視以為憑一張利嘴、一條油舌，可降周瑜。他身為間諜，卻不先探周瑜的實力，若他知道周瑜老謀深算，若知他誓反曹操，就不會輕易過江勸降。

做任何事情，必要有詳細的調查研究、深思熟慮才可定下策略。猶如一個醫師，必經詳細的檢查、觀察，才可以判症下藥一樣。單憑天才、交情、衝動，必導致失敗。

好一個才子蔣幹，就是因為太過草率，太過認為所辦的事容易，便招致失敗，不止失敗，還被敵人利用。日後讀書至此，還被讀者譏笑愚昧，何其可惜耶！

學習黃忠

關羽知道張飛、趙雲紛紛替劉備立功，奪得幾個郡，他也不肯示弱，自動請纓去攻長沙。孔明警告關羽，長沙郡守韓玄手下有一名老將，姓黃名忠，年近六張嘢，仍然十分善戰，有萬夫莫敵之勇，不可輕敵。

關羽就偏偏看不起六十幾的老將，揚言只要部下五百名校刀手便可得城。（得罪關聖帝一句：您老人家經常都低估敵人的實力，日後有幾次敗績，也是自視過高引起。凡天才必自視過高，自視過高的人經常因此缺點失敗！）關羽就如此進兵長沙。

兩名虎將一經接觸，鬥了一百餘回合，不分勝負（想關羽是壯年的力量，黃忠是老年的力量，兩人鬥上一百回合不分勝負的話，黃忠的耐力與功夫，可想而知矣）。

第二次再交手，又鬥了五六十回合，也分不出勝負。黃忠的馬不堪催騎，馬失前蹄，跪了下來。本來這正是一個殺黃忠的最好機會，關羽先生只要高抬貴手，黃忠六十年的頭顱，就此便要搬家。可是關羽即是關羽，怎會欺負馬失前蹄的對手呢？就算殺了他，關羽也覺勝之不武；乘人之危，勝了也不算英雄！

如以現代人的心態評述，關羽放黃忠，就是不善掌握機會。敵人一時的錯失，會做成失敗的機會，應該掌握而勝之。黃忠明知出陣，為甚麼不換一匹狀態最佳的戰馬？為甚麼要用一匹庸馬而使最緊要關頭失前蹄呢？這豈不是黃忠方面的疏忽嗎？

好一個黃忠，見關羽不殺，便準備了拿手的百步穿楊箭法來射殺關羽。翌日，兩人又再對陣，戰不到三十個回合，黃忠詐敗，關羽追趕，黃忠正得着一個殺敵的最好時刻，可是他回心一想：「昨日關羽不殺我，今日應報此恩！」只引弓虛拽弦響。關羽一聽見弦響，連忙閃頭急避，以為避過黃忠一箭，誰不知黃忠根本沒有發過箭。及後，黃忠再虛發一箭，關羽只道黃忠不會射箭，大為放心，追上城前。黃忠真的搭上了箭，拉開了弓，弦響箭到，射正關羽頭上盔纓。關羽領兵而退。

我猜關羽中了這箭之後，一定出了滿身冷汗。此時才知道黃忠虛引兩弓，發箭中盔纓，都是報前日不殺之恩的。彼此英雄重英雄（天下間如都是英雄，戰爭也會減少許多。正因為英雄才重英雄，彼此憐惜，又怎會打仗起來呢）。假定關、黃二人中，有一名是奸雄，其中一人性命早已埋單了。

攻下長沙，劉備親往黃忠家相請。黃忠出降，懇求劉備葬先主人韓玄於長沙之東。查韓玄殘暴不仁，以為黃忠不射殺關羽乃和關羽有暗通之路數，差點殺了黃忠，然而，黃忠卻如此忠厚待人，真是以德報怨呀！

再薦劉表侄劉磐教掌長沙郡。這也是有原因的。黃忠本屬劉表旗下猛將，後來才事韓玄的。一有機會，推薦舊老細的親戚任職，可見他不忘本了。

黃忠善戰、大量、有恩報恩、不記怨、不忘本的作風，不愧為日後蜀漢五虎將之一。

此外，也值得今天的讀者，細味與學習也！

周瑜式收場

周瑜何解會被孔明激死呢？是他心胸狹窄嗎？（正史周瑜死於箭傷，沒有孔明三氣之情節。）先看一點兩人資料：一般京劇、粵劇中，飾演周瑜的，都是小生打扮，頭戴金冠，插雉雞尾，穿箭衣——外罩白蟒，好一個風度翩翩的俗世佳公子。而諸葛亮先生，卻由老生扮演。穿道袍，留長鬍子，手拿鵝毛扇，一副老成持重的樣子。赤壁之役時，周瑜只有三十四歲，年輕力壯，是一位已成名多年的大都督。孔明只有二十八歲，剛好初出茅廬，一位未成名的政治家。周瑜比孔明大六歲！

戲曲中角色的扮相，一定是後世人大意的誤創。大抵人們都覺得孔明足智多謀，必定是個上了年紀的形象。加上《三國演義》描寫他的風範，更加使人對他的年紀產生錯覺。而周瑜先生，好一個英雄形象，配上一位美貌絕倫的小喬女士，很容易使人感覺他英俊瀟灑，風度翩翩。

周瑜果真被孔明氣死？

以《三國演義》的故事論故事，似乎肯定了，周瑜早就忌孔明的才幹，有三次機會要殺他。第一次，借軍令要孔明去斷曹軍的糧草，借刀欲殺孔明；第二次，借造箭為名，故意難為他，借軍法欲殺孔明；第三次，見孔明果然借得東風，派軍士上七星壇追殺之，開硬弓殺孔明。三次欲殺孔明的詭計，都被諸葛亮一一早料，一一化解！

三次殺不了他，周瑜必定更怕孔明！不單止怕，還會動搖對自己的信心。周瑜廿四歲授建威中郎將，證明他很年輕已經得志，有他特別才能之處，他是一個政治天才，亦是一個軍事天才。十數年政治、軍事成功，使周瑜對自己的成就有了無限的信心。一個人的自信心是做事的主要成功因素。自信心強，做起事來，夠膽創新，夠膽行險，也夠膽接受成功或失敗。

可是突然之間，正在事業巔峰的周瑜，碰到了一個名不見經傳，年紀和經驗都不及自己的小伙子孔明，處處自以為精心妙計卻早被識破。自己的一言一行，一動一靜，戚起條尾，就已被對方計算得到，周瑜的自信心、自傲感還不頓時破產嗎？

升得愈高的人，跌得愈慘。自己感覺自己高於一切的人，一時間發現自己不外如是，這種感覺是不能接受的。周瑜的收場只有兩條路：（一）發神經。受不了這個刺激，神經失常，終身形同殘廢；（二）自殺。不信現實，又不能不面對現實。不能消滅比自己叻的人，倒不如消滅自己。

周瑜的結果據《三國演義》載，是因傷而再被氣死。他不能忍受自信心破滅，受不了世界的殘酷現實，確有人比他高明。故此他吐血身亡之際，大叫「既生瑜，何生亮！」查實，曹操也應大叫「既生操，何生備」，曹操屢次失敗，為甚麼仍然不會被激死呢？因為曹操對自己的自信心、自視程度沒有周瑜先生那麼大，也沒有他那麼執着也。讀者大人，你是否自信心過重、自視過高的人呢？如果是的話，小心上述的收場呀！

天下一快事

再一次證明敵手也是「知己」的說法。

尤其是在戰鬥之中，一個能夠與你旗鼓相當的對手，真比一位至愛的朋友更可愛。至愛的朋友，有時會保留情面，明讓三分；實力相等光明磊落的對手，卻不會明讓，也不會暗算，大家公平比試，其樂融融！

武俠小說中，經常描寫一對打得難捨難離的俠士，他們不打不相識，既打便相惜，真有相逢恨晚的感覺。但是，我稱讚的對手，必定都要具備英雄的胸襟，能容敵，更能欣賞敵人（能夠欣賞敵人，並不是件易事，讀者切勿輕視這種美德，並不是每一個人都可以做到的）。

說回三國故事：講的就是張飛戰馬超一事（馬超日後歸入劉營，亦為五虎將之一）。這位馬先生就是西涼馬騰之子。曹操老哥殺了他令尊，便帶西涼兵馬為父報仇。潼關一役，曹軍大敗，曹操大人為要生存，割鬚棄袍，極盡尷尬。幸而曹操命大，馬超一槍刺過來，刺着大樹幹，他用力過度，一時拔不出來，正好給曹操乘機逃脫。

這員勇將武藝和膽識，真是使人佩服、佩服。及劉備進攻成都之際，報聞東川張魯遣馬超等來抵抗。孔明知馬超勇不可當，認為只有張飛、趙雲兩名虎將才可抵禦。當其時趙雲引兵在外未回，遂派遣張飛應戰。

張飛與馬超沙場見面，張飛挺槍出馬，大叫：「你認得燕人張翼德麼？」張飛曾喝斷長板橋，聲威遠播，當時無人不識張飛大名，無有人不懼張飛威勢。可是馬超少爺不買這個賬，他說：「我家歷世公侯，哪會認識村野之夫！」張飛無面，大怒，舉槍大戰，打了百多個回合，不分勝負。劉備看了，嘆為觀止，恐怕張飛有失，鳴金收兵。

張飛先生這把性子，怎會忍得住？歇了一會，不帶頭盔，又急急再出戰馬超。兩人又打了百多回合，愈打愈精神。劉備怕他們有損，再鳴金收兵。

張飛回到營中，心裏仍然感覺未夠癮，又叫士兵點起火把，連夜再戰，兩人似乎愈打愈過癮，分不出勝負，誓不罷休。

這役也分不出高下，孔明恐防兩虎相鬥，必有一傷，何必損害其中一條寶貴生命呢？於是孔明施一條反間計，使馬超的波士張魯誤會馬超造反，再使說客李恢進言。馬超先生遂降劉備了。

張飛和馬超為甚麼要死戰二百多個回合，由日間打到夜晚呢？好勝之心是一個解釋，另一個原因就是難得旗鼓相當的對手，好趁時機，「玩」個痛快。

我們日常處世做事，往往不是勝得易，就是敗得易，很少與對手有旗鼓相當的機會。能與對手在公平的競爭下各展所長，打得勢均力敵的話，實天下一快事也。

講理也講情

《三國演義》第二十回，回目曰：「曹阿瞞許田打圍，董國舅內閣受詔」。第五十回，回目曰：「諸葛亮智算華容，關雲長義釋曹操」。

這兩個回目都簡單明白地記述許田曹操打圍與關羽放曹的故事。兩個故事有甚麼關係呢？表面看起來似乎沒有，其實內裏關連甚密。

許田之獵，真是大陣仗也。皇帝打獵，並不是單人匹馬而去，而是驚動十萬軍隊，周圍一個圓場，周廣二百餘里，軍隊慢慢收窄這個圓圈，使到所獵的動物集中，然後由天子親身射殺。這種圍獵的方法，認真勞民傷財，動用的人力物力奇多，籌備組織的時間一定長久。目的只有一個，讓天子威風。

太平盛世，天子無所事事，玩下圍獵，還可以說得過去；要是天下混亂，天子還去進行大規模打獵，認真耗費公帑，枉用人力了。這次圍獵並不是獻帝的意願，卻是曹操的興趣。他雖不是天子，但想嘗嘗天子的威風，借天子之名，搞一次隆重的「派對」了。

當日劉備和關羽親逢其會，隨着大隊湊熱鬧。當關羽見到曹操大人居然僭越天子去接受軍士恭賀稱讚時，無名火起三千丈。《三國演義》文言文記載：「（關羽）剔起臥蠶眉，睜開丹鳳眼，提刀拍馬便出，要斬曹操。」關羽義憤填胸，要斬丞相，皆因為他尊崇漢室，不滿曹操犯上的野心也。

羅貫中先生這筆寫關羽的「義」，寫他的「忠」，更寫他與漢賊不兩立的氣概。假使關羽當日一刀斬了曹先生的貴頭，以後的形勢就不會發展成三國鼎立。當日軍閥紛起，缺少精明如曹操的軍閥，曹操一死，劉備可能直接掌控獻帝。到時「脅」天子以令諸侯者，大有可能是劉備先生了。如是此情況出現，「奸」雄者可能是劉備，曹操充其量只是董卓之後的一名「奸相」而已。

各位看官又有沒有發覺，故事發展到第五十回時，關羽卻在華容道釋放曹操。為甚麼早年要一刀斬了曹操，後來卻要眼白白放他一馬呢？

關羽釋放曹操的原因，上文已講過。關羽釋曹操的心理矛盾，值得再提。

曹操對關羽可謂極盡收買人心之能事。曹操在關羽最失意的時候厚待他，這是最難忘記的感情。我常常贊成雪中送炭這種美德（《鹿鼎記》中韋小寶先生就有這種美德），在別人最難過、最失意的時候，也就是人人輕視他、遺棄他的時候，給予少少的同情、輕輕的安慰、薄薄的幫助，會使他永世不忘的。這種恩義，就像渴時的甘露，一滴也足以救命的了。

關羽釋曹，完全因為報這點恩義。當曹操窮途末路時，不期然可憐了他，同情了他。在電光石火之間，忘卻曹操是賊臣，忘記放過他可能引致漢室傾亡。關羽是血肉做的，血肉做的人就不可能完全理智，全不講情。

做人處世，完全講理，不曉講情，就枉為萬物之靈了。完全講情，毫不講理，也會演變成蠻荒世界，生存也沒有意思了。

自招的禍

《三國演義》七十二回述：「原來楊修為人，恃才放曠，數犯曹操之忌……」然後引出幾個楊修所犯之忌。

第一次，曹操新選了一所花園，看了之後，沒有表示意見，只在門上加了一個「活」字。曹丞相這個啞謎，其他人士都猜不出甚麼意思（就算猜出，也會默不作聲的），唯有楊修揭破這個啞謎：「門內添活字，乃是個闊字，丞相嫌園門做得太闊了。」承建商於是依言改造門口。曹操見了，心中十分高興，詢問誰人猜曉，左右告是楊修，曹操口中讚美，心甚忌之。

從這一段小故事之中，我們可以看出矛盾所在。曹操先生在門口打一個啞謎，他的動機就是讓別人去猜，看誰可以猜中。當他知道楊修猜中的時候，應該是高興的，應該滿足了他出題考試的心意。猶如一位老師，他設計刁鑽的題目，也希望有學生能解答得到。當老師發現某學生能解答他的難題，有如遇上知音一樣高興，哪會產生妒忌之意呢？我之所謂矛盾，就是從這個想法諗起的。我認為：「心甚忌之」四字，是羅貫中先生後來加上去的，意在加強曹操壞形象的描寫，達到他揚劉貶曹的宗旨。

曹操之忌楊修，不可能從「活門」一例中見到，反而在殺近身侍衛一事中可理解得到。

曹操經常恐懼有人謀害自己，就算近身的警衛也不放心，所以吩咐警衛的士兵「如果我睡着了，你們切勿走近我呀！」卒之在某天的午睡時間，發生了戲劇性的情節。曹丞相所蓋的被不知為何跌落在地上（有意乎？無意乎？），一位心腸特佳的侍衛忙走前替曹丞相蓋被（托大腳乎？好心腸乎？），只不過其他人不會像他那樣「叻唔切」而已。

哪知曹操突然拔劍殺他，然後若無其事上牀再睡，睡了一會，就起牀，赫然發現警衛死在牀前，驚訝地問：「誰人殺了我的侍衛？」旁邊的人如實稟告。曹操先生聽了，話哭就哭，大大痛哭起來，命令厚葬了那侍衛。

曹操仁兄果然患夢中殺人的怪病嗎？智商正常的人知道不會罷！他之所以借此機會殺一個親信，就是希望近侍的人知道，他最不喜歡別人在他睡中走近而已！我認為曹營之中不會只有楊修一人洞悉此事，楊修「叻唔切」評論曰：「丞相不是在夢中，你們才是在夢中呢！」這句說話傳到曹丞相耳裏，正把他所施的詭計篤穿！曹操身為一軍主帥、最高負責人，經常要玩政治手段，假如這些政治手段次次被屬下識穿並加以傳播，日後怎可以放心施行這些政治手段呢？曹操知道楊修散播這個真實的「謊言」，哪會不討厭楊修呢？那時不殺他，實在欠藉口罷了。

當今處世，人與人之間有很多交往手段，這些「手段」未必是惡性的欺詐，也有良性的虛偽。明眼之人，當會發現別人對自己、朋友對朋友、上司對下屬，甚至丈夫對妻子也要「手段」的。要是不關乎處世立身大道的，不應好勝揭穿，以免招人妒忌，產生惡感出來也。

孫劉翻面六點

我讀《三國演義》之餘，亦愛看有關三國歷史的書籍。黎東方教授大作《細說三國》中，指出劉備祖宗與關羽二哥做了一連串不僅激怒孫權，更令孫權失去安全感的事。他分成六點：

（一）赤壁之戰後，劉備背離了盟友孫權，佔領了武陵郡孱陵縣，造成公安城自成一角局面。

（二）也不告訴孫權，自己動手動腳擴充地盤，佔了長沙郡、零陵郡、桂陽郡。

（三）孫權之妹嫁了劉備之後，夫妻相處不好（此歷史與演義略有不同）。

（四）孫權本與劉備合謀共奪劉璋的益州，劉備以不義為名，拒絕合作，反要孫權看他薄面，饒了劉璋。豈料劉備一個屈尾十，自己動手單獨佔了劉璋地盤。

（五）劉備進軍漢中，大勝曹軍，自稱漢中王，卻未與孫權有任何默契。

（六）關羽攻打襄陽、樊城，幾迫曹操遷都黃河以北，仗了勝利的聲勢，從來不把孫權放在眼內。孫權欲與關羽攀親，反被關羽侮辱，大罵：「虎女怎能配犬子！」孫權話晒都獨領一方，與劉備同階級，怎可下這句侮辱話的氣呢？

綜合六點來看，孫劉翻臉，在歷史的記載中，啟發了幾點：

（一）劉備周身唔掂的時候，設法依靠江東孫權出兵協助，雖然孔明做這次聯兵的說客，不失外交的面子，然而劉備的確曾依靠過孫權的協助，才能打勝強大的曹軍，逃過趕絕的噩運。曹軍一敗，劉備卻乘機發難，霸佔地盤，毫不客氣。雖然地盤是國家的，適逢亂世，你不取，自有人取，但以劉備終日講仁義之「皇族」，一句不客氣，不理盟友，自取自拿，孫權又怎會不生氣呢？劉備「借」荊州更吹脹孫權，種下殺關羽的遠因。亂世之中，難怪老劉不理盟友，但一邊講仁義，一邊做強盜；一邊講忠孝，一邊做霸王，何其偽君子耶！

（二）劉備一邊叫孫權畀面，一邊不畀面孫權，孫大哥哪有不咬牙切齒之理。亂世之中，個個講利益，講實際，怎會不爭地盤，不想得勢？孫大哥眼見本來屬於自己掌握的利益，流入被自己一手挽救回來的劉備手中，吹鬚睩眼之情，實易想像！

（三）劉備自稱身為「皇叔」，實在與皇族打埋算盤才有關係。孫家女兒下嫁為填房，少妻嫁老夫並不計較，劉備與她相處不好，豈不大丟孫家之面嗎？關羽雖為當時猛將，身份地位與孫權差了一截，不願結親，反口出辱言，孫權的面子往哪裏擺呢？人要面，樹要皮，孫權是人，他一定珍惜「面」，劉備、關羽大丟其面，又怎可以不翻面呢？

愚見以為：朋友、夫妻、上司下屬，甚至敵人也要畀面，讓對方有機會下台。丟別人面，丟自己面，是一切仇根的根源，願各位讀者大人細味！

輕敵

話說一代英雄關羽中了東吳呂蒙之計，敗走麥城，卒之身首異處。呂蒙先生以何計打敗關羽呢？據《三國演義》述：呂蒙來見孫權，建議乘關羽圍樊城之隙，襲取荊州。孫權盼收回荊州，盼到頸都長埋，立刻委以重任。可是發現荊州兵馬整齊，沿江又有烽火台之設，互通軍訊，很難攻破。幸而陸遜來訪，教以一條詐病之計。陸遜教呂蒙稱病，他說：「關羽自恃是英雄，無人可敵。唯一所懼怕的，就是你（呂蒙）了。將軍乘此機會，假裝有病，解去軍職，把陸口的軍事任務讓給別人，又使接位的人大讚關羽英武，使關羽驕傲輕敵，那麼，關羽就會把荊州的兵調去攻打樊城。假如荊州沒有防備，只須用一旅的軍隊，出奇制勝偷襲，便可以重新掌握此地了。」呂蒙先生十分贊成。

結果，呂蒙放了病假，回到建業休息，並推薦陸遜代他守陸口。關羽得到情報，知呂蒙病重，調離陸口，新來的陸遜又不見經傳，遂有輕敵之心。兼且收了陸遜送來的禮物，附上一封措辭卑謹的信函。《三國演義》沒有把這封信刊登，在《三國志．陸遜傳》中卻有此記載。現譯部份以供參考。

「將軍（關羽）您在樊城一役之中，把曹將于禁俘擄過來，遠近沒有不佩服，您的功勳足以流芳百世。雖是晉文公大勝楚軍的英偉；韓信打敗趙兵的謀略，也不及您老人家了……曹操這傢伙很是狡猾，不會甘心失敗，恐怕會增調援兵，以求一逞野心。雖說曹軍師老，還是很強悍的。況且戰勝之後，一般都會出現輕敵的觀念。所以古人用兵，勝利之後就應更加警覺。希望將軍您多方面考慮計劃，以獲全勝。我只是一介書生，沒有能力擔任現職，幸好將軍您老人家這樣強大的鄰居，願意把想到的貢獻給將軍。雖然不一定合適，亦望可作參考，希望將軍能多加指教！」

關羽看了這信，仰面大笑，令左右收了禮物，打發使者回去。關羽果然輕視陸遜，以為他只是個無經驗的小將。之後撤荊州之兵，攻取樊城。孫權知關羽中計，拜呂蒙為大都督，總制江東各路兵馬。呂蒙命士兵穿了白色的衣服，扮作商人，借避風為名，潛入烽火台，攻取荊州。（此謂大意失荊州也。）

關羽中計，就是中了輕敵之計。關羽對呂蒙不敢輕視，唯獨輕視新來的陸遜。陸遜致關羽的書信，極盡誇耀關羽之能事。人最喜歡接受高帽子，高帽子一扣，便會飄飄然了。俗語有云：「千穿萬穿，馬屁不穿！」人乃喜歡愛別人拍馬屁的動物。諸君宜小心拍自己馬屁的人；也應常記如何運用拍馬之術也。要是龐統不死，劉備手上有兩位軍師可以調用，只要其一在荊州必定看破陸遜自謙及自卑的詭計。可惜孔明不可分身兼顧，關羽一時輕敵，就此惹來失地失頭命運！

世上之事，切勿看輕任何人。粵語有云：「爛泄防有刺。」亂世之中，處處提高警覺為妙！

呂蒙

再講呂蒙先生。

呂蒙先生從小就沒有機會受教育，可算是一名文盲。他帶兵鎮守一方時，就沒有辦法用筆墨來報告軍情，只能靠口講。

有一次，孫權勸勉呂蒙、蔣欽說：「我們擔任軍職，應好好讀書，開廣思路，增加見識。」呂蒙道：「我們在軍中事務繁忙，哪有時間讀書呢？」孫權答道：「我不是要你們讀經書來擔任博士呀，而是要你們學習一下歷史罷了。你們說事忙，可比我還要忙嗎？我少時曾讀《詩》、《書》、《禮記》、《左傳》、《國語》，只是沒有讀過《易經》罷了。統領東吳以來，又讀了《史記》、《漢書》、《東觀漢記》等三部史書和各家兵法。像你們二人，年輕聰明，領悟力一定很快，哪能不去學習呢？應先學《孫子兵法》、《六韜》、《左傳》、《國語》及其他兵書、史書。劉秀領兵時，手不釋卷；曹操也好學，你們為甚麼不以他們作榜樣，鞭策自己呢？」

呂蒙聽了這番教訓，領略到知識的重要，努力讀書，自修學問。周瑜死後，魯肅為大都督，遇上呂蒙。呂蒙分析當時形勢，有很多真知灼見，魯肅十分驚訝，嘆道：「子明（呂蒙別字），我現在才知你才識出眾，學識淵博，不是原來的吳下阿蒙喲！」（「吳下阿蒙」源出於此。）

孫權老哥也嘆道：「愈老愈進步，誰都不及呂蒙、蔣欽兩位。愈是榮華富貴，愈能虛心好學，愛好書傳，輕財尚義是難能可貴的呀！」

呂蒙好學，能不斷自修，從文盲進而成為軍事策略專才，認真難得。讀者諸君，我們有幸讀過兩個錢書，一定很難感受到文盲之苦，更難知覺到成年文盲重新讀書的困難和苦楚。呂蒙先生能夠依照孫權的勸勉，努力讀書，達至成功，實是值得我們欣賞、佩服的。

愚見認為：讀書的真正意義是培養崇高的品德人格及吸收一般生活必備資料，我反對讀書萬能的論調。然而，呂蒙有志讀書，這種向上的決心，就是值得敬佩的地方。

《演義》記述孫權收回荊州一帶，殺了關羽，大宴功臣，置呂蒙於上位，大讚呂蒙，認為他設計定謀，立取荊州，勝魯肅、周瑜多矣！酒酣之際，呂蒙突然鬼上身——關羽上了身——大發神經，亂罵孫權。結果七孔流血，僵死地上。

但依《三國志．呂蒙傳》記：呂蒙替孫權取回荊州，殺了關羽後，受到黃金五百斤、銅錢一億之賞賜。他卻患上一個不可吃東西的病。孫權把呂蒙安置在公安城自己的內殿，懸賞千金治呂蒙，關懷他無微不至。孫權經常想見他，又恐怕勞煩呂蒙病況，就叫人在隔壁挖了一孔，從那裏窺望。每逢見到呂蒙能食下少許東西，就十分喜歡，對大臣有說有笑；否則，孫權就愁眉苦面，終夜不能睡覺，嗟嘆不已。呂蒙病稍有起色，就下令大赦，受群臣朝賀，不久，病惡化，又請道士在星辰下請命求壽。

結果，呂蒙蒙主寵召，年四十有二。《演義》歪曲史實，完全基於呂蒙殺死關羽。查實呂蒙非奸惡之人也。

先斬後奏

話說孔明北伐，進軍到祁山。密報降魏蜀將孟達有歸蜀之心。當年孟達降魏，曹丕先生十分愛護他，不只分金賜銀，還委以重職。可是一朝天子一朝臣，曹叡繼位，魏朝中多人嫉妒孟達，使他日夜不安。到底他的出身成份不好，是歸降將領，有遭清算的陰影，便暗中通蜀，以作內應。

孔明得知孟達可為內應，心中暗喜，想內外夾攻，幼少的曹叡必定敗亡。可是另一個消息又傳入帳中。原來曹主命閒處宛城的司馬懿復出，加賜他兵馬之權。孔明聽到了，又憂心起來。

孔明憂心者，就是這位司馬懿老兄。當年曹操平定東川，任職主簿的司馬懿曾經進言：「劉備以欺詐手段取了劉璋的地盤，蜀人還未歸心。現在主公（曹操）得到漢中，益州震動，快些舉兵攻之。最重要是把握時機，時機不可失呀！」曹操先生當時不知受甚麼鬼迷，竟一反常態嘆息道：「人苦不知足，既得隴，復望蜀耶？」（「得隴望蜀」一語亦起源於此）各謀士都勸他依司馬懿之計，但曹公不願再發兵，竟坐失佔蜀良機，間接助長了劉備他日的威勢與地盤。由此事見之，司馬懿當是一位有眼光、有謀略的軍事政治家了。

孔明知道再起用司馬先生，孟達這位內應一定被識破及消滅。立刻修書警戒孟達。孟達先生回覆道：「宛城離洛陽約八百里，至新城一千二百里……如表奏魏王，來往公文要須一個月，那時我的城池已經鞏固，就算司馬懿來，我還會怕他麼？」孟達分析事理不及孔明周密，他只顧一方面想，努力鑽他腦海中成見的牛角尖，而且愈鑽愈深，愈深愈迷信自己的見解。孔明先生能把事情放大來看，能以多個角度反覆來研究，亦不死鑽牛角尖，所以料事比孟達清楚很多。孟達般的狹窄觀事法，現在亦大有人使用；孔明般擴寬觀事法，反少人採用，實奇哉怪也！

再講司馬懿復職之後，知道孟達又暗中歸降劉蜀，當機立斷，決定先斬後奏。他傳令人馬立刻起程，一日要行兩日之路，如遲立斬，速速趕去破孟達。

司馬懿的長子司馬師曾提議先申奏曹叡。司馬大人認為事急不宜誤了戎機。能夠掌握時機，明白事情的急緩而安排自己的計劃，才是大將之才。凡事都要問明上司，反覆商議而不作出主張者；或不願作出決定者，必會誤盡戎機，錯失機會。要知機會轉瞬即過，抓不住時機，可能永遠錯過。肯先斬後奏、能先斬後奏的臣子，一定是能幹的臣子，作為君主、上司的千萬不要怪責他們呀！

司馬懿這次行動，果奏奇功！大敗孟達，破壞了孔明內應之計。曹叡亦很欣賞他的才能，賜金鉞一對，遇機密之事，不必奏聞，便宜行事（就等如後世的尚方寶劍了）。有司馬懿輔曹家，曹家族得免被蜀吳威脅，然太過依賴司馬家族的支持，也不免終被他們家族篡位也。

卸膊主義

劉備把江山傳給兒子劉禪，但把政治的行使權交給孔明。如照《三國志》記述，劉備的顧命大臣不只孔明，還有一位李嚴先生。《三國演義》內亦有李嚴先生，不過地位不及孔明罷了。

查實，劉備明知劉禪年幼（十六歲），只能做象徵式的領袖，他就把李嚴提升為尚書令兼都護軍，鎮守永安，「統內外軍事」。亦可以說，利用李嚴分掉了孔明軍政兩方面的大權。這是平衡顧命大臣的權力。凡波士都會有防範夥計之心理，沒有純情到不計較任何利害把責任獨交一人處理的老闆，除非是自己或是自己的親生。

這位李嚴先生乃是一名非常能幹的官員。我們從孔明給孟達的密信中可以見到（孟達當時歸魏，但李嚴、孔明還經常去信問候，聯絡着這位「叛將」，希望日後可用）。孔明信中有道：「李嚴有辦事行政的才能，處理政事，流順暢通，沒有卡脖子的阻滯。」孔明大讚李嚴的措辭，愚見認為頗為真實，並不是謬讚。可惜往後一件重要事情，李嚴犯上了一個重大的錯誤。這是現代人最容易犯的錯誤，所以特別提出來大家研究研究！

話說孔明起兵北伐曹魏，《三國演義》謂之「六出祁山」（實則出了祁山只有兩次）。孔明把國內的事都委託李嚴處理。換句說話，李嚴是代丞相之職，孔明是北伐軍總司令。這次是上邽之役，李嚴派人通知孔明說：大雨阻滯了運輸道路，軍需品、糧食恐怕不能如期支援，叫孔明退兵。孔明恐沒有支援，如其意退回漢中。

回到漢中，便知道雨是下過的，但沒有李嚴說的嚴重。孔明退兵退得實在有點冤枉。可是好戲還在後頭，李嚴惡人先告狀，反問孔明為何好好又退兵呀？孔明不知好嬲定好笑，神又你，鬼又你！想找個生口來對證，怎料生口卻被李嚴殺了成為死口。

李嚴還假意幫助孔明下台。他向後主啟奏，說孔明非真正退兵，乃是

「偽退」想「誘賊與戰」的。這一着把退兵之事，完全說成孔明主動，不是他老人家主動的了。

李嚴是否曹魏內奸？愚見認為並不是。只是他運糧不繼，辦得不好，但又不想承擔責任，於是使出一招「卸膊法」，把責任推諉得一乾二淨。孔明何等精明，把他的書信公文聚集起來，前後矛盾。李嚴只好認罪。孔明上表後主，把這件事原原本本的啟奏。

結果，念李嚴對朝廷有功，以最寬大的情況辦理，革去本兼各職，削去了所封的爵位，降為平民，流放到梓潼去了。

李嚴先生的作風，歷史上、現代社會上，大大有人在。犯了錯失，永遠不肯認錯，想盡方法，扭盡六壬，誓要把責任推到別人、下屬頭上，或希望多一些人分擔一下責任。願意認錯，願意檢討失敗，改良失敗者實在是能幹的人呀！

曲言勸導

劉備敗走，躲在白帝城中。陸遜早料魏兵企圖乘虛發難，故不追趕。

這時候，曹丕問謀士賈詡：「朕欲一統天下，先取蜀乎？先取吳乎？」曹丕之問，是否考驗賈詡呢？或曹丕真有統一天下之意？當此之時，三股勢力均衡，未是統一天下的良機，大概賈詡心裏是清楚不過的。然而，皇上提問，怎樣回答好呢？直言不是時機，恐怕龍顏不悅；直言皇帝不自量力，恐怕人頭落地的呀。

賈詡懂得繞過彎兒說出實況。為人臣的真要好好學習。賈詡說：「劉備雄才，更兼諸葛亮善能治國。東吳孫權，能識虛實，陸遜現屯兵於險要，隔江泛湖，皆難卒謀，以臣觀之，諸將之中，皆無孫劉敵手！雖以陛下天威臨之，亦未見萬全之勢也，只可持守以待二國之變！」賈詡不正面地接觸魏國兵力不足以滅蜀吳的實況，只從敵方優點處說，使到曹丕間接明白，不可滅吳蜀的理由。賈詡也維護曹丕的面子，只說諸將非人敵手，出戰非萬全之勢，曲筆勸解了曹丕好大喜功之心。

馬謖之敗

魏國重用司馬懿抗蜀軍之後，形勢改變了，蜀國才有失守街亭之役。街亭乃漢中咽喉，兩軍必爭之地，如果魏軍奪此要衝，蜀軍便絕糧道，隴西一境，不能安守，只好退兵。

蜀中參軍馬謖，自薦擔當這個最關鍵的防守任務。馬謖在孔明帳下，曾立下很多殊功，獻計平蠻是他，勸孔明用反間計陷害司馬懿也是他。孔明出征，安排馬謖任大軍參謀，可見對他的重視。然而，守街亭非一般責任，關係到整隊軍隊生死安危，況且來攻的對手，正是復出的猛虎司馬懿和他兩位年少英明的公子呢！

馬謖甚有信心，自詡「自幼熟讀兵書，頗知兵法」。請看他與諸葛亮派遣的副將王平爭拗，便知他所說「熟讀兵法」是怎樣一回事。王平建議在五路總口下寨，建立軍事陣地，阻塞司馬大軍。馬謖卻認為，諸葛亮「多心」，街亭一地只不過是山僻之處，魏兵是不敢來的，他建議在山上屯軍，如魏兵來攻，居高臨下，勢如破竹。

馬謖知其一不知其二了。王平審慎，了解屯兵山坡之上，出了破綻。假如魏兵截斷了蜀軍汲水之道，軍士便不戰自亂了。馬謖辯無可辯，為了辯勝，強詞說：「孫子云：置之死地而後生，若魏兵絕我汲水之道，蜀兵豈不死戰？以一可以當百也。」

請讀者留意：馬謖之敗，乃自負的性格害焉。他熟讀兵書是無可懷疑的，可是未能就現實具體的客觀形勢運用兵書所學。

俗語所謂：「一部通書睇到老。」凡學問之事，須能活學活用。熟讀兵書，宜明白兵書所載的高度概括道理，再在個別不同的情況之下，切合實際而變通。高估了自己的預測，低估了對手的實力，又不尊重屬下的「另類建議」，一意孤行，是大忌。

毛氏評論認為：「孰知坐論則是，起行則非。讀書雖多，致用則誤，豈不重可嘆哉！」愚見認為：兵法、行政、經營方法，是根據當時當地，相關的人物、相關的文化而具備特色，不順乎條件，是謂之「死法」。

不可妄追

天氣影響行軍，曹叡聽從勸諫，召回追趕諸葛亮的大將。諸葛亮知道後，吩咐不可反追襲。讀者留意，做人處世，經營生意，掌管政務，都宜汲取「不可妄追」。現代風氣，認為「有風必須使盡帆」，這些人的心理是：在最得勢的黃金時候，應該用盡每一秒時間、每一分力量，找尋最盡的一枚銅板。勢頭一去，便「蘇州過後無艇搭」，錯失良機的了。故此，埋頭死衝，往前直追，視為金科玉律。

愚見剛好相反：

（一）「找尋最盡的一枚銅板」，是愚不可及之事，一旦以金錢來量度標準，所失去的東西太多太多太多。

（二）「風勢」是天然而來的，長風萬里，比一時急風優勝得多，只求「長風」，不求「急風」。「急風」來時，反須小心，最好暫避！

（三）凡事必要留有餘地。體積愈大，所需留的餘地愈廣。趕盡對手並非善策，一旦「趕狗入窮巷」，受害的仍然是自己。

（四）貪勝必招輸。勝利是光榮的，但是，這種心理影響善良性格時，必須特別小心，提防沖昏頭腦。

第二章

領袖品格

機心人的腸肚

話說獻帝與曹操及大臣到許田行獵，曹討天子寶弓金箭射殺大鹿，並趨前接受軍士歡呼，猶如天子一樣。關雲長見到這個辱君場面，忍受不住，提刀要斬曹操。劉備眼明手快，搖手送目，雲長老弟知機放下屠刀。

關雲長提刀欲斬這個鏡頭，肯定曹丞相看不見，然而其他將校一定有人看見，起碼馬騰便是目擊證人之一。國舅董承接到獻帝求救的衣帶詔後，亦疑心劉備是曹操同路人，不敢輕易信任他，招納為反曹分子。馬騰卻以劉備為皇叔，可以信任為忠皇、保皇分子，並替劉備解釋：當日劉備不是不想殺曹操，只恐懼曹操爪牙眾多，力不及耳。

讀書至此，我同意馬騰先生的見解。劉備做事早有機心的。查《三國演義》第一回記載：劉備等三人見到一簇軍馬，護送一輛監車，內囚盧植。

盧植乃第一個收留劉備三兄弟的軍官，乃帶劉備三兄弟出身的恩人。如今蒙受冤獄，解押回京，難怪張飛老哥大怒，要斬護送軍人以救盧植。劉備急忙制止他曰：「朝廷自有公論，汝豈可造次？」遂放過押盧植的軍隊，放過救盧植之機會。這個時候，他還未有任何本錢，好話唔好聽，劉、關、張三人乃三條光棍，就算殺了官兵，救出盧植，難道又怕追緝嗎？以關雲長之勇、張飛之猛，區區押解官兵，會恐怕武力不及嗎？

答案是不會。劉備之不救盧植，不讓張飛殺官兵，乃不想擴大事端，搞大風浪，惹起風頭火勢而已。從領導人的角度看是對的，但以感情的角度看，盧植對他們有恩，也不是泛泛之交，救盧植而搞起風波，惹來風頭火勢，在唯義至上的意識下，是值得做的，劉備太過計較利害得失，不及關羽張飛毫無機心、坦率直接可愛！

幾年之後，關羽看不過曹操淩駕天子之威儀，欲殺這個滿懷野心的強人時，劉備也制止這個行動。劉備可能心中也恨曹操的妄自尊大，可是他會計算：殺了曹操，三兄弟能否逃出鬼門關呢？當日打獵，引十萬之眾（組織這個獵隊也不易呀！），曹軍心腹分子，一定佔百分之九十九，操一死，劉關張三人必同年同月同日同時死的。漢獻帝也可能不保，劉備考慮情況至此，必不冒險殺曹操也。

據金聖嘆所書之《第一才子書繡像三國志演義》評：「英雄作事，須要審勢量才，急不得。玄德深心人（有機心，有計謀），故有此等算計。雲長直心人（沒有機心，率直坦白）別無此等肚腹。兩人同是豪傑，卻各自兩樣性格（各有所長），雲長不及玄德在此，玄德不及雲長者亦在此。」

在政治中生活、鬥爭的人，必要有機心，能冷靜、能忍耐者才可以保存生命，進而領導別人。可是機心一重，天性之率直、坦蕩便要隱藏起來，故意或無意之間，便做成虛偽、假意，故一個人要走入政途，或者要領導他人，必會改革自己率直、坦蕩之性情，培養虛偽、假意之本領。

曹操、劉備同樣是政治中打滾的行家，大家的機心、虛偽相若，我認為無可厚非。只可惜現今世上一些明明虛偽的「君子」，何解還要扮純情、坦率以欺天下百姓呢？

枉作人君

多少野心家想盡千方百計登上皇帝寶座，以為一登天子位便要風得風，要雨得雨，享盡人間榮華富貴，擁有江山、美人、珠寶、權力。現代雖無皇帝，亦希望得到無上權力、無邊財富，不惜用生命、名譽交換之。

讓我講出漢末兩位帝王的遭遇，好使大家知道身為皇帝，尤其是末代皇孫真不好做，做一個寂寂無名的普通人比做這種皇帝，不知優勝幾倍了。

先講董卓如何對少帝劉辯。

董卓執掌朝政以來，因少帝、何太后、唐妃（劉辯之妻）於永安宮。少帝偶作一詩，表示有些少怨恨，被董卓發現，正好捉着殺他的藉口（所有文字獄，都是得罪皇帝，慘被誅殺的。劉辯題怨詩，反被下臣董卓誅殺，可謂文字獄之奇觀也）。董卓派李儒奉毒酒來請劉辯飲，何太后生疑，叫他先飲，李儒見事敗，命人拿了短刀、白練（白長巾）來，叫劉辯自盡。唐妃不忍丈夫慘死，跪告曰：「妾身代帝飲酒，願公存母子性命。」

李儒大罵：「你是甚麼人，可代皇帝死？」又命何太后先飲毒酒。少帝見不可逃避這場屠殺，苦苦懇求李儒讓他與太后作別，三人抱頭痛哭。李儒雙手扯住太后，直躥下樓，以武士絞死唐妃，以鴆酒灌殺少帝……

羅貫中先生描寫這場謀殺，何等淒慘！

劉辯身為國家元首，毫無保護母親、妻子之力，掙扎也沒有氣力，便死於非命。讀之長嘆！

再看曹操殺董貴妃。獻帝劉協，也沒有甚麼能力挽救這位妻子，甚至連她腹內的皇子也沒有辦法救援。身為天子，眼見自己心愛的妻子、未出世的兒子慘死，而沒有半點辦法，內心的痛苦，真是難以描寫的呀！

且說董承詔誅曹操不果，反而被曹操抄家滅門。曹操知他的妹妹董貴妃在皇宮，也帶劍入宮誅殺。當時董貴妃已有五個月身孕，操先生命武士帶董妃到場，劉協苦苦哀求曹丞相，望丞相可憐她腹中皇家骨肉，免她一死。曹操答道：「若非天敗，吾已被害，豈得復留此女，為吾後患？」伏后（劉協另一位太太）也幫忙求情，望曹大人暫時貶董貴妃到冷宮，待分娩之後，才殺未遲呀！曹丞相十分坦白的答道：「欲留此逆種，為母報仇乎？」

劉協、伏后、董妃見事到如今，不可能逃出曹操魔掌，只好認命。董妃只求乞有全屍，曹操命人取來白練。生離死別，劉協、伏后、董妃相擁大哭。曹操曰：「猶作兒女態耶！」叱武士牽出，勒死於宮門之外。

兩件東漢皇宮謀殺案，死者都死得很冤枉，死得很痛苦。兩位天子都不能挽救這兩場悲劇。兩個兇手，都是異常冷血，不顧得甚麼君臣之分，要殺就殺，沒有半句道理，沒有半點人道。

人皆想到做帝皇的威武，沒有想到後世子孫被殘殺的痛苦，都是想着自己如何運用權力，沒有想到後世子孫如何被他人權力所制服。曹操的玄孫曹髦在不夠一百年之後，自己找死，被司馬昭的手下刺死，時年只有廿歲而已！曹操早知玄孫有此報應，應該後悔當日殘殺劉協骨肉的呀！

領袖不可衝動

劉備決定興兵伐吳替關羽報仇，孫權又派諸葛瑾去做外交工作，試圖平息這次干戈。諸葛瑾乃孔明的兄長，劉備畀面孔明接見。

瑾哥的外交辭令確有一手，他說：「吳侯屢次向關公求親不遂（暗示關公十分唔畀面孫權），曹操亦屢次叫孫權攻荊州，孫權初初不肯，但因呂蒙與關公有點不和，擅自用兵，鑄成大錯（明示孫權不是想殺關羽的。只不過是呂蒙一人的越權過失，而呂蒙已死，把罪名責任推到死人身上，是亙古以來推卸責任之妙方也！）。再者，吳侯對此事萬二分後悔，孫夫人又很思念着你，願意交還孫夫人，釋放降將，送還荊州。永結盟好，共滅曹丕，以正篡逆之罪！」

諸葛瑾此番乞和的條件，實在太好了。認錯、賠地、還降將、送夫人，共同伐曹。孫權真心如此，我認為確有大將的風度。可是歷史沒有機會證明孫權是否真心，劉備斷然拒絕了這種種優厚的乞和條件。諸葛瑾再曉以大義。他說討伐曹丕篡漢乃大義之事，替異姓兄弟雪仇乃小義之事。中原及兩都乃大漢創業之地，荊州乃一小地方，應分清輕重事情來辦的。

劉備不為所動，孤意已決，縱有泰山北海力量也不能改變。前有趙雲、孔明及一班文武官員勸諫不可私仇伐吳；後亦有諸葛瑾以種種優厚條件乞和，劉備始終強硬、固執，毫不冷靜地去思考。

假如閣下是劉備，應該考慮下列幾個關鍵的問題：

（一）以益州的兵力，初初站穩陣腳，有沒有能力攻打孫吳呢？勞師而襲遠，非有過半的勝望極犯兵家之忌的。

（二）孫吳方面的形勢又是如何？他們以逸待勞，佔有天時地利，一時攻他不下，蜀軍的支援糧草、醫藥、軍需可否持續呢？

（三）曹丕方面如何反應呢？假如乘劉備大軍出擊，突然在後門發動攻勢，到時劉備前後受敵，能否有足夠兵力應付呢？顧前失後，到時無家可歸，難道做流亡皇帝嗎？

（四）假如接受孫權求和之條件，利用孫權欠的一個人情，驅使孫吳的兵力打其先鋒，合兩集團之軍力共伐初成立的魏國。曹丕一定受很大的壓力。

正如諸葛瑾先生所言，「天下皆知陛下即位，必興漢室，恢復山河；今陛下置魏不問，反欲伐吳，竊為陛下不取」。

這種種瞻前顧後的軍事部署，最是重要。劉備領軍多年，應是深謀遠慮，卻在伐吳一役，犯了全部兵家大忌，何解？

火遮眼，悲忿之心情埋沒了理智是也。人非草木，誰屬無情，況劉備、關羽、張飛三人同生共死，共赴患難幾十年了，感情勝過同胞兄弟，一旦失其手足，是十分痛楚的事，若是常人，這種為兄弟復仇之盲目心情是可理解的，可是劉備不是常人，是一個地方的最高領導人，他不能有這種感情上的衝動，他要冷靜、小心作出計劃，因牽連的人命實在太多。

領袖不是萬能

話說劉備報仇大軍起初節節勝利，孫權開始周張，闞澤先生力薦陸遜。他說：「此人名雖儒生，實在有雄才大略，以微臣愚見，他不在周瑜之下。打敗關羽，也是用他的計策，主上如果能用他，必能打敗蜀軍。如有失當，我願一同受罪。」孫權聽了，立刻起用陸遜。

陸遜果然是大將之才，他雖年少，軍中沒有很大的聲望，但是實事求是。他臨陣觀察之後，看到了蜀軍的弱點，也是蜀軍的致命傷。

羅貫中先生為描寫曹丕也是一個軍事家、政治家，於是分開一筆，講曹丕對陸遜行軍的看法。

曹丕知道陸遜堅守，並不出擊，劉備至猇亭佈列軍馬直至川口，接連七百里，前後四十營寨，營寨又多築在山林茂盛之地。曹丕預言，劉備必敗了，因為與敵對陣，最忌連營七百里，地形複雜的地方駐屯重兵，屬兵家大忌。倘若用火攻，劉備走無可走，戰無可戰了。進一步，曹丕定下在陸遜乘勝追擊時，國力空虛，借此時機，收漁人之利。

同時不同地，諸葛亮亦知劉備錯誤的部署。他知道這是劉備的主意，沒有甚麼辦法，立刻派人相勸，這是自尋死路的。

可惜太遲了。陸遜早行一步，趁劉備軍隊懈怠，馬上採取攻勢，放火沿江燒營。一時火頭四起，蜀兵措手不及，四處亂竄。兵敗如山倒，好一支連營七百里的蜀兵，如牛油一樣，被火燒得全部熔解，劉備被眾軍救至白帝城。

劉備一世英雄，飽經大小幾十戰役，為甚麼犯此重大錯失，被區區一名後生仔陸遜打到有氣無地抖呢？

我大膽假設：劉備是一位政治手腕厲害的政治家，他並不是一位臨陣指揮若定的軍事家。他需要良好的軍師、勇猛的將軍配合才成大業。他可以使孔明、法正及旗下一班謀臣死心塌地策劃獻謀；也可以使五虎將位位盡忠出生入死，可是偏偏不能親自指揮戰陣。他的兵法肯定比曹操、曹丕父子差，與諸葛亮、周瑜、陸遜也相差太遠。一位政治領袖並不是萬能的，往往客觀環境使他以為自己是萬能。結果就如劉備一樣，親自主理自己最不熟悉的軍事，連累幾萬子弟兵白白送了寶貴的性命！

領導的人，應信賴各有專長，招攬各類專門人才替自己效勞，切忌以為自己可代替任何一位專才。

世界上沒有萬能的領袖，也沒有萬能的才能，領導人不可被「神化」。我們都是有血有肉有缺點有弱點的人呢！

劉備之敗於陸遜手下，是他行軍不如陸遜，加上情緒激動時不宜行軍。劉備之大敗，實在咎由自取也！

食少事煩

在孔明北伐的幾次戰役之中，與司馬懿進行了多次的文鬥和武鬥。大家各施各法，互有勝負。以揚劉抑曹為宗旨的《三國演義》，必站在蜀漢方面說話。司馬懿和孔明一比，立刻比出了一個高下。司馬先生頓成次一皮的政治軍事家。可是，在英明神武的孔明領導之下，蜀軍依然攻不出祁山，直搗魏的老巢。本文所講的一段故事，就在孔明北伐的尾聲，蜀魏的戰爭正打得難解難分，一場悶戰。

司馬懿知孔明的蜀軍勞師遠伐，軍需糧食是很大的問題，故此避而不戰，意圖拖死孔明（這是持久戰論的先驅）。軍隊每天消耗糧草，一天又一天的過去，孔明的支援必定產生問題，到時不戰而退，不是上上之策嗎？

孔明也知自己的行軍缺點。他希望速戰速決。見魏堅守不出，內心暗叫不好，不知哪位仁兄教孔明一條激將法，叫人準備了一套女人的衣服，裝在一個大盒之內，寫了一封信，送給司馬懿先生。信中譏笑他身為魏國大將，竟然死守土巢，迴避刀槍，不肯出戰，猶如婦人一樣。如有男子氣概，應依期赴敵，不可龜縮。

司馬仲達先生看完了這封剃眼眉的信，內心猶如試爆了一個核子彈，可是面上還裝起了歡樂的笑容（這一點想成功的人必學，凡心中極端忿怒時，要練到面上一點跡象也沒有，還要保留得體的笑容）。他說：「孔明把我看作婦人嗎？」講完之後，即命令收下婦女衣服，表示你把我看作「跛」的、「沒出色」的、「婦人之見」的，阿拉就承認沒出色罷！之不過，我總不出戰，你奈我若何？

司馬先生的忍功及厚面皮功，果然犀利。任人隨便罵、瘋狂罵、不合理地罵，是一種技術，任人毫無道理地罵而無動於衷的，更是一門絕學。司馬仲達忍得罵，忍得激，確是頂呱呱。

反擊孔明，司馬仁兄卻問候孔明生活如何？他問：「孔明睡覺和飲食以及行政的事怎樣呀？」蜀方回答：「丞相由早做到晚，罰杖二十以上的，都一定親自管理；所需的飲食，一日內不會過數升！」（沒有胃口）司馬知道孔明胃口不佳，健康情況不好，乃再向來人問多一句：「孔明食少事煩，其能久乎？」孔明聽見仲達如此評論，心胸中有了一個烙印。他曾答道：「彼深知我也。」

孔明的確是一位努力而命苦的政治家，他手下的助手，智商程度和他起碼相差一截。於是樣樣事都放不下來，結果擠到自己桌上。孔明「事煩」，甚麼「事煩」呢？一定是瑣碎的小事。因小事而佔了孔明大部份寶貴時間，一來不值，二來耗損孔明有限的光陰與精力。卒之，司馬仲達所講「食少事煩，其能久乎」應驗了，孔明就在五丈原鬱鬱喪命。

各位尊貴的讀者，你是否「食少事煩」呢？如是，不甚恭喜，你早應訓練人手好作分工準備，切不可每事皆自討麻煩也。

指揮與分工

孔明為人精明，難道他不知「食少事煩，豈能長久」的道理麼？愚見肯定他一定深明這個道理。主簿楊顒進諫道：「小人見丞相親自校閱簿書，我認為這些工作不必勞動您老人家的。有秩序有法則的管理，上上下下就不會互相阻礙了。譬如管理家庭的方法，一定使僕役去耕作，婢女去煮食，只要工作勤力，所要求的都得到滿足，做家主的，就能從容自在，高枕無憂地生活了。如果每事都親身勞動，就會使身心困頓，最後沒有所成。是這位家主的才能不及僕婢嗎？不是。是因為他忘記了作為家主管家的方法罷了。所以古時的人，稱謂最高指示行政觀念的官員叫『三公』；執行政事的叫『士大夫』……現在丞相親理細事，汗流終日，不是勞苦極了嗎？司馬懿的說話，是千真萬確的呀！」

楊顒這番說話是行政分工的理論。但凡工作複雜，必須多人合作才能完成。分工細微之後，必有專業性的人員產生，他們是精於某一方面的工作。各類專業人員組合而完成一件工作，就必須有一個指導分工、指導合作的「統領」。這位統領不必是一位專業人員，但他一定是位領導人員。孔明就是蜀軍中的領導人員，他指揮旗下各軍統領如何「工作」。所以他不必每事親力親為，他的工作是指揮，不是執行。諸君曾見過大樂隊的指揮，站在指揮台上邊吹邊打，邊又揮動指揮棒子沒有？孔明為甚麼要攬其他執行的工作上身，使「事煩」纏身呢？

孔明解釋是：「……我受了先帝（劉備）委託扶掖後主的重責，惟恐其他人不似我這般盡心盡力呀！」

孔明的解釋我有兩點假設：

（一）這是羅貫中先生加入的說話，旨在更深刻描寫孔明盡忠劉氏家族的忠心。表揚對「正統」支持、效忠，用以鼓勵後世，提倡這種思想。

（二）假定這是事實，則愚見認為孔明聰明一世，蠢在這時了。

愚見認為孔明不敢把事情交給手下分擔，可能是沒有能幹的手下。如果沒有能幹的手下以助行政，孔明就不應出師北伐，因時機未成熟也！如果有能幹的手下，而恐懼他們不及自己，不把工作分配給他們執行，這是極壞的行政。世上沒有一個人可以全面通曉世上各事，亦沒有人是萬能，沒有人是不用休息睡覺的。

孔明擔心其他人不似他一般盡心盡意，這只是「擔心」而已！要具體教育部下，監管部下，引導部下盡心盡意工作，提高軍心，這才是實質的工作。一味「擔心」而不推行指揮，反而自己替每一部門、替每一個人做他們應份崗位的工作，是最失敗的地方。我們讀《三國演義》，最喜愛的人物莫如孔明先生，假如是羅貫中加入作為捧孔明忠心的情節，我認為反害了他的一世聲名；假如這是事實，我不知如何去接受。但願是第一個假設罷！

凡領導人不分配工作，只當自己萬能，把事情全部拉上身的，不是傻瓜，便是低能。低能傻瓜而居領導地位，肯定不會長久的呀！

切除毒瘤

劉備的長子劉禪是甚麼貨色?我想各位看官心裏有數。他當政以來,屢次誤失戎機,換了另一個丞相,換了另一個軍閥,早就篡位而代之了。好在他祖宗有靈,任用一班忠臣,江山才不致被自己友吃掉。無論正史、《演義》,都同樣直接間接描寫劉禪的庸碌無能。

一個領袖庸碌無能,並不是失敗的主要因素。假如劉禪只是庸碌,他願意尊重底下一班忠臣的建議,肯信任忠臣的策劃,他大可安坐皇帝寶座,享盡人間繁榮富貴。可惜他無能而錯信佞人,庸碌而不分忠奸。

早在孔明北伐期間,他已信任佞臣,中了司馬懿反間之計,從前線召回孔明,說了幾句廢話。當時孔明曾勸喻他,並殺了幾個進讒的佞臣。孔明一死,劉禪仁兄的壞習慣又死灰復燃。

在下膽敢歸納一點經驗：凡好享樂、好遊玩嬉戲的人，必有一班「小人」追隨左右。這班「小人」也必定是酒囊飯袋的草包子，除了奉承同嬉戲之外，別無長處。而這班「小人」亦必會造謠生事，點紅點綠，搞到個「派對」「串」晒為止。

劉禪左右一班「小人」也具有上述的特點。這班「小人」以黃皓為首。黃皓是位太監公公，他的專業就是服侍皇帝。服侍之便，可以知道皇帝的喜惡，從而教唆皇帝做一些非份之事。劉禪寵信了黃公公，就放膽浸淫酒色。一個人玩得女人太多，飲得酒太多，自然沒有餘力做正經的事。劉禪並非鐵打，故此荒廢朝政。

姜維見了這個情況，知道如此發展下去蜀漢一定會被滅。加上被黃皓等惡言中傷，從前線中召回京城。他忍不住怒火，找機會清理一下皇帝身邊這班「小人」。一日，姜大哥徑入御園找黃皓晦氣。黃皓正與後主飲宴，驚慌起來，避於湖山之側。姜維見了劉禪，坦率地詢問召回之意，再力陳黃皓一班小人之害。他說黃皓乃相似靈帝時的十常侍禍首宦官張讓，又似秦時的趙高，應早殺此人，以免日後為患。劉禪捨不得這位「朋友」兼「親信」。他說：「黃皓乃跑腿，縱使專權亦無能為力……卿家何必介意呢？」然後叫黃皓爬出來向姜維叩頭認錯，苦苦求命。姜維畀佢吹脹，忿忿而出。

姜維為甚麼不殺黃皓呢？我猜礙於劉禪面子，不好意思當場斬殺了他。「礙於面子」，「不好意思」，就是姜維這次行事失敗的主因。一個人揸定了主意，肯定自己的計劃行動正確，就不應怕「不好意思」，更不必考慮「礙於面子」。假如換了孔明，我怕黃皓有億萬個頭殼也留不下來。姑息佞人就是最不仁慈的做法。所以姜維一出宮殿，郤正（另一位忠臣）就勸他遠走，免被奸人反害了。姜維遠離劉禪，亦是加速了蜀漢被滅的原因。

我們處身於社會之中，應該處處留有餘地，不應趕盡殺絕。可是對於某些破壞分子、「毒瘤」分子，就不應手下留情。一經認明屬實，就要咬緊牙關，連根拔起。甚麼情面，亦不能兼顧，因為你不除滅它，它必徹底加害你呀！

以「疑」制「疑」

諸葛亮智取漢中一役，面對兵力龐大、威勢迫人的魏王曹操，連番打敗他，且敗得迅速。劉備甚為奇怪，問之於諸葛亮。

孔明說：「操平生為人多疑，雖能用兵，疑則多敗，吾以疑兵勝之。」

請讀者留意「疑」字。毛評亦說：「此非孔明之疑操，而操之自疑也。」為甚麼曹操過疑致敗呢？因為孔明曾在博望、新野、烏林、華容幾場戰役中打敗了他，遇到孔明，曹操實在膽怯，一面加倍小心，一面又患得患失。諸葛亮利用曹操拿不定主意的虛怯，進一步恫嚇。曹操用兵猶豫不決，焉可不敗？

無論戰場、商場，主帥的決策必須堅定，船頭驚鬼，船尾驚賊，未戰已經失敗。諸葛亮針對曹操的疑心，未開戰便擾亂他的心神，繼而處處操縱他分辨虛實的能力，加重他心理負擔。以曹操的精明，個別對手未必可以使他分心失魂，惟諸葛亮「食滑」曹操，這是諸葛亮心戰取勝之處。換轉其他對手，個性並非多疑，孔明之計，未必生效。

英雄靠時勢

曹丕初登帝位，滿懷壯志，希望大展拳腳，幹一番事業。這是初嘗主位者一種好功心理。

是故，曹丕認為派遣三路大兵伐吳，安有不勝之理。好勝而急於逞強，急於顯示實力的心理，蒙蔽了分析形勢、量度敵我之心。

尚書劉曄勸諫：「東吳陸遜新破蜀兵七十萬，上下齊心，更有江湖之阻，不可卒制。陸遜多謀，必有準備！」他是從客觀戰略形勢處看。兵力強大，未到敵人虛弱時機進攻，事倍功半的。

曹丕反問：「前勸朕伐吳，今又諫阻，何也？」劉曄說：「時有不同。」

曹丕一意孤行，不理吳軍已作好應戰準備，不顧己方實力與軍心。卒之，三路伐吳之兵大敗而回。曹丕喟然嘆曰：「朕不聽賈詡、劉曄之言，果有此敗！」

老闆上司宜記此教訓。好功逞強乃發展事業的推動力，雄心萬丈的主腦必定如此。然而，發動攻勢，擴展事業，需有客觀有利條件配合始可完成。

英雄事業乃靠時勢，在不同時勢，有不同的發展計劃。識利用時勢而推動事業，方是一等英雄。

考察人才之法

諸葛亮兵法，馳名千古，他用人之法，也是十分有價值的遺產。

諸葛亮考察人才，有如下的測試標準：

（一）「問之以是非，而觀其志。」人才的思想最為重要，具有分辨是非能力的人，心中必然有他思想的原則。假如受試的人，只是觀察領導人心意，憑領導人心意而答覆，只不過是個奉承之徒而已。有是非的主見、辨是非的能力，始是人才。這是考驗人才最優先、最重要的題目。

（二）「窮之以詞辯，而觀其變。」無論巧於言辭與否，受試的人都得表達心思。領導人不必欣賞受試人的詞鋒口才，只須考察他在詞窮理拙時候的應變方法。人才不便於應變，表示頭腦不懂得急轉彎，亦表示所學的知識不全面，不曾反覆仔細的思考過。能應變的人，心思靈活，凡事反覆斟酌。

（三）「諮之以計謀，而觀其識。」計謀之學，不能一本通書用到老，須以當前的形勢為主導，有時用「正」，有時用「奇」，有時以「虛」，有時以「實」，千變萬化，有深入認識，始可有謀。

（四）「告之以禍難，而觀其勇。」患難見真情。平安境地，理論滔滔者大不乏人。唯有大禍將臨，火在眉睫，真誠才呈現無遺。考察人才，須看清楚他在危難之中的處事方法。臨危而亂，見危即逃，即使是絕頂人才，亦不可見用。常言道：「養兵千日，用在一朝」，那一朝便是國家危難的一朝，那一天用不着，何必「養」他千日呢？

（五）「醉之以酒，而視其性。」酒之為物，乃是麻醉神經，使刻意掩飾的短處在酒醉中暴露出來。俗語有言：酒後吐真言。測試受試人的真言，可從此中尋。

（六）「臨之以利，以觀其廉。」利之所在，人人得而取之。有原則的人，見利思義，值得自己所取的才拿去，貪圖不值得的利益者，可謂貪婪。有貪婪之心，就有不軌的行為。試之以利，便是觀察其貪心。

（七）「期之以事，而觀其信。」人無信不立。領導用人，當於「用人不疑」，假如相信了不守信用的下屬，大事必壞。以小事考察他的信用、承諾，是必須的測試。

只做不知

司馬懿被蜀將廖化追殺，在樹林中遺下一頂金盔，故意誤導廖化追趕的方向。廖化追趕不到，獻上金盔，錄為頭功。當時蜀中最具威名的大將魏延不悅，口出怨言，孔明只做不知。各位讀者留意：「孔明只做不知」六個字，這是優秀領導人重要的管理技術，也是明智的下屬重要的涵養功夫。

作為領導人，首先不可存有「生殺大權」的意識，此權在握，不宜記掛，不需常用。若果有此意識，動不動便會舉起「殺人之刀」，「斬殺」得多，暴戾之氣候成為風暴，不可收拾也。諸葛亮治軍，不存此心。故此對魏延妄自浮誇，爭功小器的行為，只做不知。他不想因這些小小的錯失而誤了軍國大事。他也不想藉發現屬下小小的過失，發動他「生殺大權」。老闆上司宜倣孔明，先分辨事情的輕重緩急，始作合適的對待手段。有些事情，不需「小題大做」，不需「無風起浪」，不必「逞一時威風」的。能夠「只做不知」，功力是極為深厚的了。

威愛並施

管理屬下之法，猶如領兵之道。有言：「威克厥愛，為將之道固然，而用法太嚴，御人太酷，又必敗之理也。」

對待下屬，不能只表露威嚴，不表露關心，更不可以嚴酷的法紀控制，使下屬在驚惶中工作，在不愉快的壓抑下上班。

東吳總司令孫綝，助諸葛誕攻魏，手下大將朱異屢次打敗，使孫綝大怒，認為屢敗之將，要來何用，叱軍士斬之。誰不知斬了朱異，並非警惕軍心，卻使到軍心不振，有機會便逃亡投降。降將的藉口，是孫綝不仁，不若降魏。

諸葛誕亦犯同一錯處。所守的城糧草將盡，大將文欽前來獻計，說可放北方之兵出城，以省糧食。諸葛誕吃了火藥一般，命人推文欽斬之，說他教放北軍，蓄意靠害。

文欽兩子文鴦、文虎，恐有殺身之禍，殺出軍營，向魏投降。

治兵之道、治民之道、治下之道，宜威愛並施，不可強求屬下忠心、望屬下恐懼、令屬下信服，而採用極權手段。極權手段最終帶來殺戮，成為恐怖手段的。

高幹子弟症候群（袁紹）

董卓一死之後，天下開始大亂，這個亂局起於中央政府（漢室）再不能約束各地軍閥，各個「刀槍出政權」的軍頭乘機擁兵分割，再而互相攻打，大家心裏都圖謀登上王座。

混戰的初期，以袁紹的軍力最大。袁紹的家族「四世三公」，親屬門下廣遍天下，佔據的山頭眾多而具實力，天時、地利、人和都佔盡優勢。況且他在朝廷外圍，不像曹操「挾天子以令諸侯」使人有討伐的藉口。只要旗幟鮮明，號令其他軍閥「勤王」，曹操一方，形勢便弱。袁紹可以一舉而得天下了。

可是袁紹的性格不是「帝王之才」，拙於認識形勢，利用形勢，製造形勢。最失敗的性格，就是好謀寡斷。

好謀，即自以為是，每每以個人的設想分析客觀事態。無論怎樣聰明機智，個人的謀慮，都有偏差的。個人的謀慮，必定受到個人的利害關係影響，面對問題難於決斷時，以個人的利益作為解決問題的先決條件，決不可以處理國家大事。如此自謀，必定有失。

袁紹掌握最好的形勢，好謀寡斷，坐失良機，一錯再錯，卒之被曹操重重打擊，被敵人淘汰。袁紹寡斷，源於他「公子」的性格。這位「高幹子弟」生在顯貴的家庭，培養自視高明過人的性格。我們的聰明智慧，相差甚微，所差別的，只是經驗多寡而已。

袁紹出身顯貴人家，不如意的事情少，所受的教訓也必然少，過於順利的生活，本質上已經缺乏戰鬥的經驗。亂世之中，正路的鬥爭方式未必可獲優勢，打「埋身戰」，打流氓架，公子哥兒措手不及。況且袁紹不知道汲取教訓，不尊重謀士的建議，沉醉在自以為是的美夢之中。正當曹操收拾呂布，舉兵直攻徐州，謀士都勸他乘虛偷襲曹操老巢，使到曹操不能兼顧前後兩方，從而消滅他的勢力。袁紹卻認為應該坐山觀虎鬥，慢慢下手不遲。卒之曹操擴充了勢力，「養大」了實力，反過來威脅着袁紹。袁紹為甚麼優柔寡斷？明顯輕視了敵人。為甚麼輕視敵人？明顯信心膨脹。

《三國演義》曹操煮酒論英雄，羅貫中借曹操之口，簡單明白地評價袁紹。曹操說：「袁紹色厲膽薄，好謀無斷，幹大事而惜身，見小利而忘命，非英雄也。」這句評語，堪作為現代社會領導人的借鑒。躋身成為領導人，都想幹一番大事業，獲得重大的成功，可是有幾多位領導願意身先士卒，親力親為，毫不惜（此乃愛惜的惜，粵音錫）身的呢？

大多數領導躲在戰陣最安全的地方命令部下打衝鋒、打頭陣。成功則挺身而出，包攬榮譽，失敗則推卸責任，處身事外。部下絕對不佩服這類領導，絕不捨身為主的。領導的才幹在於策劃全盤計劃，分配資源，調動人力，同時需要肩負帶頭作用。群體行動依賴帶路的人，他個人的性格便是集體行動的推動力，領導人惜身，屬下必然懦弱。

相反，領導人見小利而忘命，給予部下倣法的最佳模範。所謂小利，必然是私有的利益，領導只尋求及全力保障個人利益，屬下焉可服從呢？

袁紹做事，猶豫不決，無故疑惑。現代語言所謂：過多「陰謀懷疑論」了。

劉備戰敗，曾投效袁紹，袁紹並不重用劉備，反而處處有防範之心。曹營謀士程昱掌握了袁紹疑人的性格，利用「降漢不降曹」的關羽殺了他的愛將顏良、文醜，加深袁紹對劉備的戒心，分化袁、劉之間的合作，迫使關羽歸曹。

袁紹果然中計。袁紹不信任合作的夥伴，不信任其他人，源起於太過信任自己。現代社會，不信任夥伴，不信任下屬，幾乎是普遍現象。不信任別人，皆因為對別人未曾認真了解，沒有審慎認識清楚對方。現代社會，只求認識對方的學歷、資歷，對最重要的品格，很少留意。其實招攬人才，首要考核品格，品格未合格，工作能力怎好，終有一天「出事」。考核別人的品格，也是「考核」自己的品格。作為老闆、上司，未注重自身的品格，怎可以希望有高尚品格的夥計、下屬追隨呢？選擇夥伴同一道理。俗語有云：物以類聚。善良的人必定獲得善良的人擁護的。

袁紹與曹操——成功道上見高低

先介紹一位人物，他姓郭名嘉，是三國時（應該指東漢時）曹營參謀之一。他最初晉見袁紹，袁紹很賞識他。但郭先生並不欣賞袁大哥。他對袁紹先生的評語是：「只知仿傚周公那種禮賢下士的形式，卻不知道如何運用其道理。受『禮賢』下的『士』，面對繁雜的事務，沒有能力掌握重點。喜愛各種謀略，卻沒有能力斷然處理。」簡單直接地說：袁紹虛有其表，內在的實力接近於零。

一位自知具有相當實力的謀士，當然不會投靠這種倒囊東主。郭嘉先生於是投奔曹操，更進一步成為曹操先生的智囊團成員。（當今之世，一如袁紹般的老細不乏其人，一如郭嘉的臣下，能擇木而棲者，又有多少人呢？）

簡短介紹郭嘉的出身後，最重要還是介紹他和另一位曹營謀臣荀彧先生比較袁紹、曹操勝敗的條件。這段分析，並不是純拍曹操馬屁，故意貶低袁紹老哥者。他們哥兒倆的見解獨特而具尖銳的觀察力。作為當代讀者亦宜細味，從而推想到能具有曹操十項勝利的因素，當足以事事成功；能警惕到袁紹十項失敗的理由，亦足以處處無阻。看官老爺，請留意留意。

郭、荀兩人認為：曹、袁交鋒，曹操有十項勝利條件，而袁紹有十項失敗因素：

（一）做人道理上說：

袁紹喜歡擺架子，禮儀繁雜。曹操坦率開朗，出於自然。

（二）政治號召上說：

袁紹以臣位興師，似類叛逆。曹操奉天子號召，出於正途。

（作者註：此點未可盡信，曹操何嘗不是挾天子以令諸侯？）

（三）管理方法上說：

袁紹政令鬆弛，一盤散沙。曹操嚴厲管理，各知責任。

（四）胸襟氣度上說：

袁紹內心猜忌，任用私人。曹操平易近人，用人唯才，不問親疏。

（五）謀略果斷上說：

袁紹毫無決斷之心，不識把握時機。曹操隨時下定決心，付諸實行，善於應付無窮變化。

（六）品德見識上說：

袁紹假冒高賢，其實胸無實學。曹操對人推心置腹，毫不虛情假意，忠心正直，獲良士支持投效。

（作者註：《三國演義》的描寫，曹操是位奸詐的奸雄，但正史如《三國志》、《資治通鑑》等書籍對曹操的描寫，大多不如《三國演義》的奸。然而，我們不必追究曹操是忠是奸，最重要還是要明白成功之道是應該如此的。）

（七）統御能力上說：

袁紹對外表的現象看得清楚，但對內的情況卻考慮不周。曹操對眼前小事粗心大意，而對於大事卻能深切洞悉，能周詳考慮。

（八）英明智慧上說：

袁紹的左右爭權奪利，派系林立，互相攻訐。曹操有一定的法則，制止讒言媚語。

（九）公正法治上說：

袁紹是非不分，沒有標準。曹操是「是」非「非」，公正嚴明。

（十）軍事才幹上說：

袁紹喜寵大聲勢，不務實際。曹操善於以寡克眾，獲得部下信任，敵人畏懼。

各位讀友，姑勿論郭、荀二君評論的真實性，然所言各點，確有道理。（有很多事是真實，但無道理的，亦有不真實而富道理者。）

身為領袖（就算是只有一位下屬的小領袖，或是坐擁百萬雄師的大領袖），都宜是沒有架子、坦率開朗的人。可惜，多數當「領袖」的，必多多少少、有意無意地擺擺架子，以示身份。身為領袖，都宜公正嚴明，可惜必有恃勢驕傲，任用私人，鞏固及維持私人力量的。

講到胸襟廣闊，更加難於實行。一旦捉着了「權力」這個寶貝，胸脯便馬上像變戲法般縮小。權力愈大，心胸愈小。心胸小皆因缺乏保障權力的信心，留戀權力，貪慕權力亦同時製造了靠攏小集團、附和小山頭。這些擁護派成員必使內部產生不和，因為有才幹的人，不會加入一唱百和的附和組織，這群附和兼搖尾集團分子必屬小人、佞人無異。

當領導陷入搖尾集團的包圍後，自當會更相信自己、更佩服自己、更自大、更瘋狂，活生生成為白痴。白痴何來有政治號召、有管理方法、有謀略果斷、有品德見識、有統御能力、有英明智慧和軍事才幹呢？

白痴決不可以成為領袖率領部眾。但由擦鞋仔奮鬪成領袖，再由領袖轉化成白痴、狂人者，世不乏人。果真天下英雄有此劫數耶？

能夠具有荀、郭兩位所形容的領袖形象的人，一定是位好領袖。能夠堅持成為領袖的各項條件而能抵抗自大、自信、自誇的領導，才不至瘋狂、白痴，「衰收尾」而為天下笑者也。

要人心服

在戰亂動盪的情況下，人是最聰明的。東漢末年，各地軍閥互相攻打，互相競爭，都想搶奪皇權，統一天下。互相鬥爭之下，弱肉強食，有本領的就自然消滅孱弱的，有才幹的自然就打敗無能的。以政治軍事家而言，當此三國時代，人才輩出，數不勝數。歷史上記載最著名而有成就的，愚見認為非曹操、諸葛亮兩位先生莫屬。（司馬懿先生、呂蒙先生等當然亦是一時豪傑，但民間對他們的認識不深，故非著名。）

曹操先生的政治及軍事思想、統治方法，在正史上有很詳細的記載。他老人家文韜武略，果然是一代領導人才。他不止詩文俱好，而且對兵法甚有研究。最著名的作品就是評註《孫子》。他的點評給予後世政治家、軍事家相當大的指引。（可惜，自從《三國演義》一書盛行之後，但凡文學藝術都拿曹先生作為大奸大惡的角色，對他的政治貢獻、文學貢獻幾乎抹煞！）「曹操」兩字已成為「奸雄」的代名詞，同時亦是神出鬼沒的代名詞，君不曾聽聞「一講曹操，曹操就到」乎！剛好相反，讀者亦受《三國演義》影響，非常尊敬諸葛亮先生。諸葛亮先生亦是一位幹勁沖天、忠心耿耿的政治家、軍事家。現在的讀者，大多從《演義》中認識他，以他為一個通曉天文地理陣法、能呼風喚雨的大法師，而不知他政治的見解。我們從陳壽的《諸葛氏集》中看他所著的《將苑》、《便宜十六策》可見他管理上的思想。茲介紹幾則以供各位指正：

所謂「將苑」，就是作為領導人的方法。〈將器篇〉所云，就是作為「將」或領導人的才識本領，其分為六種。最低的境界：將能洞察奸情，杜漸防微，使眾心服，這種只能將十人。而最高境界則是：以仁愛信義，使部屬及友人折服，上知天文，中察人事，下識地理，四海之內，視如室家，才是天下之將。

由此觀之，孔明強調將才是以德行居先，愚見十分贊同。一位無論如何精明、聰慧、能幹、勤力的領導，假如沒有可使人折服的品格、高尚使人崇敬的情操，卒不能成「大將」之才。凡管理、政治軍事，最後都是要爭取人心的，如人心不歸，口服心不服，勝利只是暫時的，不可長久也。然而當今之世，選將多視乎他的才幹、學識、熱誠，並不注重其德行思想，實在大謬矣。

再看〈將弊篇〉：該篇指出領導人容易犯的八種弊端。例如貪婪、生妒、喜讒、猶豫、好色、懦弱、無禮等。我特別揀出其中一弊加以意見，此乃「料彼不自料」。料彼就是估計對方，不自料就是不估計己方。凡有競爭，必有敵我（這裏的敵只指對手，並無譭意），估計對手實力必然是最重要的策略，打聽到對手的虛實，自己才能決定臨敵政策。可是往往會忽視自己的實力和虛實，或者「自以為是」地誤認自己的實力。對敵人的資料作有系統的分析研究，但對自己的資料卻馬虎從事，往往失敗就由此而產生。愚見認為：對自己的實力一定要比對對手的實力更加清楚，這才可以避重就輕、捨難就易。錯誤估計對手實力固然招致失敗，錯誤估計自己實力，亦何嘗不會失敗呢？「知己」猶勝「知彼」也。

再引〈將彊篇〉一談。「將彊」者，領導人的德行。在這篇中，孔明列舉五個德行，諸如高風亮節、孝悌、信義、沉慮、力行。又列八項德性上的缺點以資警惕，我最欣賞第八項：「敗不能無怨謗」。勝敗乃兵家常事，一次失敗並不等如全盤失敗。而失敗之後，往往不願負起失敗的責任，推卸責任，埋怨天時地利，所謂「屙屎唔出賴地硬」者，決非大將之德行也。各位細觀周圍，懂得卸膊、牽連別人者多矣。願意站出來承擔失敗責任、分析失敗原因、改良失敗因素者鮮矣。為領導人能服眾者，最重要乃肯自我承擔一切責任。位置愈高，責任愈大，就算是部屬犯的過錯，亦只能怪責領導人教育不周、管理不嚴矣。

綜觀諸葛亮先生對領導的要求，可想像他老人家是一位儒家思想甚重的領導者，太平盛世的管理人應該學習；然居於亂世，奸邪陰惡，陷阱四佈的情況，作為領導者不作有限度刁鑽的管理，亦非善法也。然而，為將者要折服人心，卻是領導者必然之法則也。

明君胸襟

政治是變幻莫測的，不可一本通書看到老。原則既定，手段因時、因人、因事而施。

請看曹操一則故事：

奠定曹氏勢力的一場官渡之戰，對手是軍閥袁紹。袁紹敗北，曹軍繳獲一批書信，其中有搖動曹軍將領暗中內通敵人的信件。曹操部下以為是立功的大好機會，準備嚴加調查。曹操審度形勢，下令全部燒毀！有關係的將士吐出一口涼氣，心胸中不期然感動曹操的大恩大德。

處理這種事情，一般平庸政治家，可以引起一場「血腥的恐怖行動」。追究、調查，避免不到公報私仇。主公希望查出有關係人物，下屬借勢狐假虎威，有人急不及待立功「篤背脊」，也有人急於掩藏身份；有人發掘不到該案證據，卻節外生枝，撬出並不關連的「罪行」；有人不甘單獨被罰，誣告或製造他人罪證。星星之火可以燎原，一聲徹查，組織便陷於水深火熱之中。鑒於未能站穩陣腳，曹操燒掉所有「證據」，實是明智之舉。

等而下之的另一種政治手段是：保存證物，秋後算帳。心胸狹窄的上司未能估計「秋後算帳」的弊處。心裏有「鬼」的，對於「秋後的陰影」會耿耿於懷，擔心株連受害，效率折半。

上司能夠依據實況，容納屬下，體察屬下，考慮屬下心理，必然受到尊敬與愛護。抓緊機會，表現寬容大量，肚內堪可撐船的量度是最聰明的做法。

另一個小故事啟示上司如何處理糾纏不清的人際關係問題，先講故事：

唐代駙馬郭曖，娶了代宗的昇平公主為妻。公主刁蠻，氣得丈夫動了真火。一次機會，郭曖乘醉，痛打公主了。

千金公主，嬌生慣養，捱打是第一遭。不忿之餘，跑回娘家告狀，向父王說了一番駙馬大不敬之罪項。封建社會，最嚴重是對主上不敬，此乃誅九族之罪，淩遲的罪呀。嬌嬌女一味衝動，未考慮後果囉。郭曖之父是功臣郭子儀，老人家知道「醉打金枝」可大不可小，連忙綁子上殿，乞求賜罪。代宗算是明君，深懂人情世故。哈哈而笑，對着刁蠻公主韃駙馬的兒女私情，說了一句俗話：「不痴不聾，不作家翁，兒女們吵架，何必當真呢？」一宗抄家滅門慘案，半句閒話化解於無形。

要是代宗偏執起來，總難息事寧人了。上司們好應記着這個啟示，某些屬下情緒之爭，糾纏不清的怨恨和幼稚的鬥爭，適宜用「和稀泥」方式處理。一句中肯的話，便指出屬下不成熟的拗氣。決不可以小事化大，無事生非，搞到雞犬不寧。人總有情緒波動的時候，總有感情掩蓋理智的場合。上司牽動情緒，感情用事，結果解不開死結，反愈結愈深，增加煩惱，也使下屬產生不尊敬之心哩！

大公無私

一塊肉置於雪地上與置於沙漠上會有不同的變化。人處於辦公室，處於交誼的地方，也有很大甚至相反的情緒、態度。

辦公室是「冷」的地帶，交誼的地方比較「熱」。所謂「冷」，基於辦公室內主要是辦公，為公司、組織的利益而工作。老闆上司夥計下屬都要緊守本身崗位為組織的目標努力。人際關係因此依附在結構的層面上。遇到公私感情衝突時，只能以公為先。私下感情不許超越及破壞公家利益的。

人人都知道這條原則，執行起來並不容易呀。人貴乎有感情，感情產生私心，「大義滅親」、「為公忘私」、「秉公辦理」實在談何容易。

三國時，諸葛亮是位英明政治家、軍事家。得到屬下擁護，除了神機妙算外，還能在公在私表現得體。屬下的眼睛是雪亮的，上司處事口中不便批評，內心定有中肯評價。服不服眾源於此了。

話説諸葛亮北伐中原，第四次出祁山，正值雨季，道路泥濘，後勤司令，也是蜀臣中地位僅次諸葛的李嚴未能按時運糧，反假傳聖旨囑諸葛班師。諸葛亮回朝之後，審查真相，不理會李嚴崇高的官位，也不理會潛在朝廷的勢力，更不計算過往的功和私下的感情，依法貶李嚴為庶民，流放遠地。

辦公室政治應「冷」宜「冷」，只要證據確鑿，便須依法而行。

另外一則故事，更加表現出諸葛亮的「至公至正」的辦公性格。他的愛將馬謖奉命守街亭，此乃處關鍵的軍事據地。馬謖卻疏於職守，失守街亭。軍法無情，罪該斬首示眾。

馬謖是諸葛亮親手培養，並且十分器重的軍人，對伐魏戰爭起很大作用。斬殺馬謖，其實削弱己方一員猛將，可是「軍法不可違」，怎可以例外。也不可以找「藉口」，鑽空子使到馬謖逃出生天，為了穩固軍心，軍令法規獲最大敬畏和尊重，諸葛亮唯有「揮淚」斬馬謖。揮淚也者，諸葛亮實在捨不得人才，離不開友誼，痛心疾首的呀！

辦公室密佈「冷眼」，未必是公開的監察力量，作用卻是同一的。老闆上司千萬不可以為隻手可以遮天，淫威可以蓋過事實。有心冷眼旁觀的，沒心冷眼旁觀的，大家都有一雙雪亮的眼睛，清明的心靈。是是非非逃不過各人良心的評價。鑒於尊卑之別，利害之由，敢怒而不敢言罷了。一點點累積壞印象，卒之變成一股不滿情緒，機會一到，即如火山爆發般不可收拾。到時眾叛親離，千夫所指，還以為夥計下屬都是「反骨仔」，不知道過去奉承的、對抗的人，也會冷眼不值所為！

故此，英明的領導人，盡量減去私心，經常身先士卒。自己的生命決不貴於屬下的。二次世界大戰，美軍太平洋部隊反攻，司令麥克阿瑟將軍決定和新兵一起空降到戰場，空軍司令大為驚恐反對，也阻不了麥帥的決定。姑勿論是否「演戲」，軍心大振，仗也打得漂亮，事也做得漂亮極了。

第三章

奇謀大略

講王道行霸道

在儒家思想的金剛罩下，古往今來的領導人，都注重外表裝潢得仁至義盡，內裏盡是陰毒，大家都一邊講王道一邊行霸道。說一套，做一套，成為家常便飯。

話說劉備又與呂布鬧翻，改投許都曹操。曹操以上賓之禮接待之。荀彧向曹操進諫：「劉備英雄也，今不早圖，後必為患。」「早圖」的意思是：早些收拾他，收拾也者，了結劉備生命之謂也。操不答。另一謀士郭嘉進諫曰：「主公興義兵，為百姓除暴，惟伏信義以招俊傑，猶懼其不來也。今玄德素有英雄之名，以困窮而來投，若殺之，是害賢也。天下智謀之士，聞而自疑，將裹足不前，主公誰與定天下乎？夫除一人之患，以阻四海之望，安危之機，不可不察。」郭嘉這段說話講得十分之得體，亦切中曹操先生的心思，猶如點正他的喜穴一樣。

容小的詳細解釋：曹操在兗州招賢納士，文武各將投奔旗下之後，聲勢漸大。藉報父仇攻徐州，得兗州，取濮陽，平山東，進軍洛陽脅獻帝遷許都，哪有一次是「興義兵」？郭嘉之言無可懷疑，是拍曹老闆之馬屁。但凡發財之人，必定立品。如今既然獨掌漢室大權，必欲講講「信義以招俊傑」，必不會再做強盜、地痞的行為，濫殺「賢能」，受人非議。此一時也，非彼一時也，現在身居要職，儼如皇帝，必要「定天下」、「開四海之望」，作狀講仁義道德來裝飾自己的身份了。

曹操先生的心態正是如此，故聽了郭嘉之言曰：「君言正合吾心。」曹操英明神武，哪有不知劉備的實力潛質？哪有不知利用劉備失意的機會折磨他、毀滅他呢？他還扶助劉備（贈兵、送糧、加封）是故意導演一齣好戲給「天下智謀之士」看的，使他們看罷這個樣板，好解開心中的疑慮，飛奔向曹營，使他能夠順利一統天下。

如用荀彧之言，趁劉備病，攞劉備命，則可能使到天下英雄畏懼、恐慌，甚至聯合起來對付他，到時反而製造敵人的團結，極之不美。當時各地方勢力還有淮南袁術、江東孫策、冀州袁紹、荊襄劉表、益州劉璋、漢中張魯等集團兵力。

故此，曹操戴起綿羊面具，裝起聖人胸襟來做霸主事業，勢所必然的了。就算對付呂布，曹操先生也採取非暴力政策。一如陳登在呂布報告中所言：「吾見曹公，言養將軍譬如養虎，當飽其肉；不飽則將噬人。」曹公曰：「不如卿言，吾待温侯（呂布），如養鷹耳！狐兔未息（狐兔者，來歸順的一班外圍軍閥），不敢先飽，饑則為用，飽則颺去。」呂布聽了曹操似是而非的讚詞後，擲劍笑曰：「曹公知我也！」

身邊有槌仔的，請代呂布仁兄抌一槌。曹操先生的虛偽（也可以稱讚為精明小心）、工於心計（也可以説佈置得宜；是他工作上必要的條件。曹先生大業的目的，在乎統一權力、控制全國，他必然會使用一些手段。如果後人認為他才智道德不足以代漢而成新一代統治者的話，則中國歷史上很多「正統」的統治者，也許更沒有資格。如果認為曹操先生講王道行霸道是偽君子，則古往今來不知多少「明君」、「賢主」也許更比他虛偽得徹底。幹政治的做領導的，不做偽君子哪有一位會成功呢？

奸的成年人

《三國演義》是一本忠奸分明的歷史小說。奸角使讀者看了咬牙切齒，恨之入骨（這是小說的成功處）。曹操這位歷史人物，就被羅貫中先生描寫成奸的代表人物。歷代由這本小說改編成的曲本、戲劇、播音故事、電影、電視劇，莫不跟隨着羅先生的創意，列曹先生為奸角、壞人。稍為客氣一點，只會稱之為「奸雄」。「奸」這個字絕不能含有好的意思（只有廣告中所云：「連奸嘅成年人都鍾意嘅糖」內的奸字是好意之外），曹先生也因此做了千多年的奸鬼。

歷史中的曹操是否如此「奸」呢？

據正史所載，如陳壽的《三國志》、裴松之的《三國志注》、范曄的《後漢書》也有記載：曹操借王垕頭、夢中殺人、誓要屠徐州城為父報仇、殺呂伯奢全家公然宣稱「寧教我負天下人，莫教天下人負我」等等情節。

這裏介紹向倉官王垕借頭的故事，與讀者諸君分析一下，曹操是否很好？

話說曹操領十七萬兵與袁術交戰。十七萬人每天吃喝多少食糧，一定是使人咋舌之數。那時各郡又鬧荒旱，接濟不了，曹兵的糧草已日漸用完。當知軍人打仗，消耗體力甚多，沒有充足的糧草，他們不可能紮緊肚皮帶努力打仗殺敵的。人即是人，需要衣食才可以工作的（又要馬兒好，又要馬兒不吃草的老細是個天下大大的白痴）。曹操先生見糧食快要吃盡，一邊向孫策（孫堅之大仔，孫權之長兄）借糧，一方面度計。

適逢這位倉官王垕先生入稟：問起這個煩擾曹司令的難題：「兵多糧少，當如之何？」曹操答道：「可將小斛散之，權且救一時之急。」即謂每人分少些，大家吃少一些，希望作權宜之計。可是軍士們絕不會體諒糧少而每人要紮實褲頭吃少一點的辦法，紛紛埋怨曹司令縮皮政策。軍士埋怨主帥，軍心便散蕩，戰無不敗了。

曹先生急急請王垕老兄入營，很誠懇的問他：「吾欲向汝借一物，以壓眾心，汝必勿吝。」王垕奇而怪之，區區一個倉官，有甚麼可以借給曹丞相的呀？曹操曰：「欲借汝頭以示眾耳！」王垕驚而欲辯，我沒有甚麼罪過呀！曹先生答道：「吾亦知汝無罪，但不殺汝，軍必變矣。」並答應照顧他的妻小。王垕再沒有開口反對的機會，曹先生左右的刀斧手已把王老兄推出斬首，懸頭高竿，出榜曉示：「王垕故行小斛，盜竊官糧，謹按軍法。」告示一經發表，軍中埋怨曹司令之心立刻冰釋。曹操更利用這個時刻下令：「如三日內不併力破城，皆斬！」果然能夠引發軍心，攻破城池。

曹操先生殺王垕，是挽救瀕臨戰敗的苦計。因為軍心一散，又遭缺糧，必定大敗。兵敗如山倒，到時必被敵人屠殺，十七萬軍起碼死傷過半，倒不如犧牲一名倉官性命，使到軍心大振，軍士拼命，殺入城池，死傷肯定少過戰敗，於是依計行事。

王垕先生的確是死得有點冤枉。可是因他一個人的捐軀，一個人的委屈，一個人的食死貓，卻可拯救十多萬人的性命，我想是值得的。假定要王垕老兄自願犧牲來成全此計，我想他絕不可能聰明到此地步，也不會偉大到此地步。尚虧有曹操這位老哥想出這條計策，我們可貶斥操兄為「奸雄」嗎？

周倉關平如何上神枱

山賊裴元紹聽見報告，說有人騎一匹千里馬經過他的山寨，立刻下山劫馬。怎料千里馬的主人竟是關羽老哥，連忙下拜。關羽問起何處認識他的大名？裴元紹便引出周倉先生來。

元紹曰：「離此二十里有一臥牛山。山上有一關西人，姓周，名倉，兩臂有千斤之力，板肋虬髯，形容甚偉；原在黃巾張寶部下為將，張寶死，嘯聚山林。他多曾與某（裴元紹）說將軍（關羽）盛名，恨無門路相見。」

周倉渴望見關羽之情已十分迫切，他仰慕關羽，真有一種宗教狂熱的精神。所以他聽聞關羽經過，連忙下山求見。

周老兄參拜關羽之後，便道：「我以前追隨黃巾張寶的時候，曾經見過閣下，可恨當時失身為盜賊，不能追隨。今日幸運能夠拜見，希望將軍不厭棄，收留我做你手下一名小卒，早晚替你拿馬鞭，托馬鐙，就算至死，也很甘心。」（後來周倉不止執鞭隨鐙，而是手提關羽青龍大刀了。）

周倉敬仰關羽，是因為關的神武。我猜想他不會親眼目擊關羽如何神武殺敵，很多傳聞都是由耳朵聽回來的。但周倉愛慕關羽的心卻不因此而減退。後世廟宇中的關公造像，或日常在坊間買到的關公繪像，這位周倉先生都威風凜凜地站在關公之後，手提大刀，好不神氣。敬拜關公的香客、信眾，也無形中供奉着周倉先生。

周倉出身盜賊，而日後可與關公一起，受世人膜拜，可見「人貴擇主」。人生存在社會，必不可獨自謀生。有父母蔭護的，可能憑這些關係沿途攀援而上；缺乏父母蔭護的，只能投身於別人門下，努力工作，逐步向上爬。

自己的努力當然重要，別人的扶持也着實重要。切勿以為單靠自己的努力，可以達至成功。任何一個成功的人，起步時都是需要有人扶持、提攜、幫助的。

這位扶持、提攜、幫助你的人，大多數是你的波士。求進身事業，就務必要尋求一位好的波士，好使他扶你一把。

有人認為：不靠自己努力，靠別人扶持，是一件羞恥的事。我認為這說法未必是對。猶如嬰兒學步之日，亦會有長輩扶助才可立穩腳步。接受別人的扶持，是必經的階段，萬勿以此為恥。經常自己站不起來，經常依賴別人幫助，才是羞恥；死牛一便頸，自己站不起來，還不願意接受扶助的人，反而是剛愎自用，注定失敗的了。

明乎這個規律，就可見選擇好波士之重要。周倉仰慕關羽，選擇關羽為永久老細，除了是宗教狂熱的崇拜心理驅使之外，還證明他深明大義，棄暗投明。日後修成正果，分沾關羽信眾一些香油祭品，也算是一場造化了。

關定送子關平過繼關羽，亦與周倉投身關羽帳下的動機一樣，周倉關平能投奔賢主，可謂機緣。

當今世界，自由度較寬，選擇權也較大，各位讀者，可曾利用這種方便，選擇良主而投身嗎？

扯貓尾

孫權知道曹軍已至襄陽，情勢迫近東吳，派魯肅到劉備那面，試探一下劉備的心意。孔明預測魯肅的來意，使出一招打蛇隨棍上的計策，使主客的形勢轉過來。

甚麼是主客的形勢呢？劉備一方新敗，是個衰家，孫權一方，是個旺家，應該劉備乞求孫權方面的協助的，孔明卻要做到孫權方面請求劉備加盟協助。這種外交手段，反客為主，值得大家花多五分鐘續看的。

魯肅借弔喪而來，孔明故意不立刻相見，反教劉備打一頭陣。魯肅打探曹軍的虛實，劉備依孔明之計，推他詢問孔明。這是吊魯肅胃口之策。魯肅果然給他吊正，急急問孔明安在？願求一見，劉備才請孔明出場。這位大老倌未出場先有聲勢，一出場更添幾度華彩，使他的說話，更具權威性！

孔明見魯肅之後，不但不開口請求或暗示請援，反而道：「曹操奸計，我已完全知道，可惜能力有限，故此姑且避避鋒頭。」魯肅問：「劉皇叔會投奔到哪裏去呀？」（魯肅這句話，有暗示叫劉備投奔孫權之意。）孔明心知肚明，卻偏反話以答：「劉備和蒼梧太守吳臣先生是舊相好，會去那邊投靠他！」（故意亂指一名人物，偏偏不提孫權。）魯肅問：「吳臣先生糧草短小，兵力不足，自身難保，怎可以收留你們呀？」（魯肅為人正直，不知道孔明正在引他提出孫權來。）孔明再扮懵道：「吳臣先生那裏，雖然不可以長久逗留，現在只是暫時歸依，他日再行打算囉。」魯肅忍不住了，他說：「孫權將軍虎踞六個州郡，兵精糧足，又極之敬賢禮士，很多附近的英雄豪傑都歸附了他。我替你們着想，不如派心腹的人去結交東吳，一同合作罷！」

孔明仁兄卒之引出魯肅的邀請了，但是輕率答應又似乎太低莊。各位看官，請看孔明的外交辭令。孔明道：「劉備和孫將軍從來沒有交情，恐防白費了唇舌也沒有結果，況且我們也沒有心腹的人可以去和東吳結交的呢！」

孔明詐作遲疑，詐作勉強，實則是想再引魯肅邀請他赴東吳的。孔明知道，這次戰役沒有孫權的兵力及聯盟，不可以抵抗如狼似虎的曹軍。如果不是他親身到東吳辦外交，這次聯盟也會失敗。要是主動要求結盟，日後在談判桌上便會失去很多注碼，故要引魯肅邀請他。魯肅果然中計：「先生（孔明）之兄（諸葛瑾），現為江東參謀，希望和你見面，我魯肅不才，願和先生一起去見孫將軍，共議大事。」

魯肅既然中計，劉備心中也暗笑了，但仍然做戲。劉備道：「孔明是我的老師，一刻鐘也不能離開我，怎可以去的呀！」魯肅堅持要請孔明一起去，劉備還做戲做到底，堅持不許。孔明打圓場道：「事情已急切了，請劉皇叔讓我起行好嗎？」劉備才勉強答應。

劉備、孔明扯貓尾的技術，真是天衣無縫。做人處事，就算正當的事情，也有機會扯貓尾的，這叫做工作上的默契。孔明求人之意甚急，卻作不屑求人之意。

各位須知，愈是卑恭屈膝求人相助，愈會受人白眼。愈顯露疲弱，愈加深別人的欺凌慾。

孔明反客為主之策，在乎不向人示弱也。

宜從權變

話說龐統歸附了劉備，與孔明同為軍師中郎將。適張松、法正秘密攜四川地圖投誠。法正解釋當前情況道：「益州乃天府之國，不是有能力統治亂世的人物，不能主持的。現劉璋不能任用賢能，這塊土地也不會長久屬於他的。今日我介紹給將軍你（指劉備），希望你不會錯失這個機會。你聽過『逐兔先得』這個故事嗎？如果將軍你要去取益州，我（法正）願意冒死效勞！」劉備聽了這番說話，不獨不謝法正，反而很冷淡地拱手說：「讓我們慢慢再商量罷！」

劉備哪有不知益州的富庶？作為他大業的根據地是最佳的地盤。早在訪問孔明時，孔明已提到這塊地盤。孔明道：「益州險塞，沃野千里，天府之國，高祖因以成帝業。今劉璋闇弱，民殷國富，而不知存恤，智能之士，思得明君。」劉備聽了法正的一番投誠說話後，只礙於「情面」，不敢表露真心而已。

講到「情面」，劉備老祖宗最識保留。他明知攜民走難，一定影響軍程，但也礙於名聲不敢拋棄他們，要做出一個「仁人愛民」的偶像。法正勸取益州，他遲疑不敢決定，不是他心中不想，而是他恐怕為天下人譏笑奪取兄弟劉璋之地盤矣。心想而不為，真是一件痛苦至極的事呀。因此他獨坐沉吟，不知如何是好！

好一位龐統先生，見他遲疑不決的樣子，勸道：「事情應當決定的，而不去決定它，是愚蠢人的所為。主公您英明決斷，為甚麼還這麼多疑呢？」劉備問：「以先生的意思，應當如何呢？」龐統當然說他吞併益州，作為事業的根據地，然後和曹操、孫權鼎足三立。趁張松、法正的內助勢力，順手取益州呀！

劉備道：「現在和我水火不相容的敵人是曹操！他做事急躁，我做事寬大；他殘暴對待人民，我仁愛對待人民；他以詭計害人，我以忠誠待人。

我做每件事都和曹操相反，使到大事可以成功。若果貪圖益州這個小利而使自己變為失信的人，我內心不忍這麼做呀！」

劉備很直接講出不欲取益州之意。他要維護一向忠厚仁愛的聲譽，不敢妄自奪取劉璋的產業，不做亂世的強盜（表面如此，內心的強盜一定做了）。

龐統笑道：「主公的說話，雖然符合天理，但在亂世之中，用兵爭強，不可以固執於一條道理。如果執着常理，則寸步也難行了。適宜作一些權變的措施罷。……如果日後大事已定，又可以報之以義，封劉璋大片土地，還有甚麼辜負他的呢？今日你不去取益州，最後被人取去了，到時後悔也遲。請謹慎考慮呀！」

劉備聽了，恍然道：「金石之言，當銘肺腑！」

龐統這番說話在當今時代，亦有很大的參考價值。請注意這句：「若拘執常理，寸步不可行矣！宜從權變。」有時工作或處世，都會死硬地固守一些原則、策略，死守不放，很多事情就因此被扼殺、塞死在這原則、策略、制度之中。要知一切原則、策略、制度都是人為的，是使之達至目標的手段而已，要達至目標，有時應該權宜變通一下，使得工作順利。劉備聽了龐統這番説話，解開了他很多矛盾，難怪恍然大讚也。

將遇良才

我常常讀到毛宗崗先生評的《三國志演義》，都覺得他過份讚揚劉備，過份貶斥曹操。但亦有很多警句，可見毛先生對三國故事的評論有獨特之處。以下引述他在第五十七回的評論：這回回目是：「柴桑口臥龍弔喪，耒陽縣鳳雛理事」。故事內容，大抵已在回目可見了，毛先生評論（已譯為白話文）：

「天下太平的時候，人才輩出；天下混亂的時候，人才也是輩出的。有才學的人經常有『生瑜生亮』的感歎。愚見以為當日人才輩出，不單只周瑜和孔明這兩人呀！人才同時出現於同一社會而能互相幫助協濟的，例如有徐庶先於孔明助劉備，龐統協助孔明輔劉備，姜維繼承孔明匡蜀漢。又如魯肅、陸遜、呂蒙繼承周瑜以輔孫家；郭嘉、程昱、荀彧、荀攸之助曹氏。他們都是相生相輔的了。生存在同一時代，而互相作對的，即如劉備遇上了曹操；孔明遇上了司馬懿；姜維遇上了鄧艾，他們都是相生相尅的。上天安排一位非常的偉人，必定會再安排一位能力非常的人物來輔助他；同樣，上天安排一位非常的人，亦都會安排一位更非常的人來與他作對。上天既然生劉備，又何必生曹操？既然生孔明，又何必生司馬懿？既然生姜維，又何必生鄧艾呢？孔明在弔祭周瑜祭文內說到『從此天下便沒有更了解我的人』。不單止愛護我的人是我的知己；能夠妒忌我的人，亦能夠成為我的知己。不單止想重用我的是我的知音，想殺我的，亦可以是我的知音。如果愛護我而不懂得重用我，用我而不盡其才，反不如對我有忌心的、要殺我的人那深切認識我了。」

這是相生相尅的理論。言明天下間沒有絕對的。俗語話齋：一物治一物，糯米治木蝨。有曹操脅天子以令諸侯，就會有劉備、孫權與他鼎足三立，不能讓他安枕坐上皇帝位的了。世事亦往往如是，沒有一件事是絕對圓滿的；沒有一件事是絕對正確的。「圓滿」的定義，只是絕大部份人認為是圓滿，絕大部份人感覺圓滿；「正確」的定義，也是大部份人認為感覺正確，而這種認為、感覺也基於某些特定的條件，缺乏這些特定的條件，亦無從「正確」了。

簡單一點說，三國時沒有周瑜，則無從顯出孔明的才智超脱；沒有曹操，也不可以襯托起劉備的「仁義」。周瑜幾番被氣，曹操敗走華容，就是表現出孔明之智謀、劉備軍方的英勇。假若周瑜庸碌無能，曹操愚蠢膽小，則孔明如何英明神武，亦察覺不出來矣！

一生之中，最難求的是知己。能夠愛護你、了解你的，而又與你沒有利害衝突及利害關係的人，你數一數有多少個？尤其在現代社會，舉起一隻手掌，可能已夠數了。然而，如毛先生所説，棋逢敵手的人，亦可以成為你的知己。在一場大的利害鬥爭中，彼此施展渾身解數，各盡所能，各展其才，亦會各自暗中佩服對方。這種與對手惺惺相惜、難捨難離的感情，在世間更難找到。尤其當今社會，舉起一隻手掌，都未知可以數到多少？

唯是能愛惜敵人者，必要有廣闊的胸懷、超人的理智。假如閣下自以為智賽孔明，試問可有他祭周瑜時之悲痛嗎？

應天順人

打敗了曹軍之後，劉備祖宗的聲勢日隆，又有良謀，復有猛將，據有荊襄及益州，眾將都有推尊劉備為帝之心（水漲船高，劉備稱帝，各位手下都必然升遷幾級）。各人請示孔明，孔明親自向劉備進言。

各位看孔明如何把這個甚難獲批准的問題向劉備提出。他說道：「現在曹操專權，老百姓沒有宗主（漢獻帝的地位，孔明似乎否定了），主公仁義的聲譽遍佈天下，又已佔領了兩川的地方，可以順應天道人情，即位為皇帝，名正言順，以攻討國賊曹操，事不宜遲，請擇吉登基罷。」

孔明的論點是「應天順人」。「應天」者，就是百姓無主，上天要求一位仁義的長者出來當百姓之主；「順人」者，就是劉備仁義的品行，群眾歸心，要求他走出來擔任這個重責。既然上天及群眾有此意願和要求，劉備為甚麼不即帝位，名正言順討曹操呢？孔明諫劉備稱帝的措辭，可謂「無得辯駁」的了。

以現代人的知識理解，孔明的措辭，説服力十分「唯心」。所謂天意，十分抽象喲！有時行個旱天雷，有時發個白日夢，或者發生一些自然的現象，也歸咎是「天意」，把「上天」寫成為一個萬二分勢利的神靈，經常站在勝利的一方。

所謂人情，更加無法統計，人民的意願是甚麼？有人民代表出來訴説嗎？就算有，人民代表的代表性有多強呢？劉備仁義，這是他推廣形象成功之處，劉備內心真的充滿了仁義的德行麼？所謂之人民意願，倒不如説是當權派鞏固自己陣營所利用之宣傳伎倆罷了。

因此，曹營中，曹操手下亦大讚曹老細得天意，順人情；在吳營中，亦會發生同一類型之事。古往今來，多少傻瓜政客，居然真的相信「應天順人」這四字，多少個頭殼，也因此無端與脖子分家呢？

劉備聽了這個建議，內心不知如何（肯定喜悦多於一切），外表卻裝出一派忠於漢室的儀表。劉備駁道：「我雖然是漢的宗室，但仍然是臣子呀。如果稱帝，就是反叛漢室了……」眾人要脅地說：「主公如果推卻，我們的軍心必解散了。」

孔明做好做歹，勸喻道：既不想稱帝，不如暫為漢中王。劉備還道：「你們雖然希望推舉我為漢中王，但沒有漢家天子的明詔，就是僭越本位呀！」孔明再勸：「現在應該從權宜之計，不可以拘執常理……不如先進位漢中王，然後表奏天子也未算遲呀！」

劉備再三推辭不過，只得依允。建安廿四年秋天，劉備自稱漢中王，大封文武官員職位。

劉備祖宗為甚麼再三推辭稱帝呢？原因十分簡單，他不想稱帝的事破壞了他建立了幾十年的形象。他苦心經營的形象就是忠、孝、仁、義，完全符合儒家思想的統治人物。

這種人物，目的是統治人民，但決不宜在漢獻帝在位之年，僭越統治的正位。劉備不是不想稱帝，只嫌暫時不合時機罷了。

進漢中王表

話説孔明説劉備從權宜之計，進位漢中王。劉備再三推辭不了，只得依允（劉備若要堅持，哪有人可以強迫他呢？）。為了尊重漢獻帝賢侄，劉皇叔遂修了一道表文，派人送到許都給天子。

諸君看到這段，可曾發覺劉備愚蠢呢？當時曹操已進位魏公，把持國家朝政，漢獻帝不過是一名聽他指示的宮殿主人而已。漢獻帝一點權力都沒有，一點自由都沒有，還可以批准劉備的進表嗎？還可以運用皇帝的權力封劉備任漢中王嗎？當然不可以。我想：這份表能否讓漢獻帝看到也成一個疑問。假如（不用假如）曹公截到，老人家看了，不笑死才怪。要我是曹公，就會借獻帝之名，發一封降罪詔，大罵劉備一番，賜劉備死罪。你猜劉備怎樣下台？討個一面屁話咁容易也。

可是曹公看了此表，沒有這種幽默感（就算有，羅貫中也不會寫），反而大怒。他說「織蓆小兒，安敢如此！吾誓滅之！」即發兵伐劉。

劉備進位漢中王表究竟怎樣寫呢？十分值得我們欣賞。因為劉備要毛遂自薦，又要講得冠冕堂皇，真是很費心思的呀！

正文開始，劉備首先責備自己身為國家大將，不能夠清除奸黨，使陛下安安樂樂過活，十分難過。次述董卓亂後，又有曹操，雖曾聯合董承勤王，但又失敗，連皇后、太子也遭殺害。想到不能保護皇室，十分悲忿難過。第三段引述歷史例子，證明正統皇族對中央皇室的重要性，然後推演到宗室微弱，帝族無位，就要斟酌古式，依假權宜，希望封為大司馬漢中王。

古時論述事理，盡量引述歷史相同的例子，好使該件事理更具真確及合理性。這是靠訴諸歷史、先例的權威。可是舉例之中，會否懷疑過歷史的真實性呢？這又不得而知了。總之，一提起歷史，尤其堯舜禹湯文武周公孔子的歷史，便具權威尊性，無往而不利的。直至今天，這種歷史權威性亦經常出現呢！

言歸正傳，上表第四段最為精彩，試全段譯出以供各位消遣。

「我（劉備）經常反省，受到國家的恩惠，能夠在外擔任一地首長，卻未能盡力報國，是不適宜居於高位的，反增加自己的罪過。可是一班下屬用義理為題，迫我進位漢中王，我想想：賊寇（曹操）未除，國難未已，國家有將亡，是我終日最憂心及傷心的事。假如暫時權宜變通，可使聖朝寧靜，赴湯蹈火，在所不辭。就順應眾人的意見，接受漢中王的印璽，希望再可以建立起國家的威望。」

這段表文，強烈表示劉備並不是貪圖富貴名利而欲進漢中王的。劉備完全是為了國家的安危，挺身而出，救國救民於水火，才敢進此位。言下之意，他偉大得不得了呀！中國人喜謙虛，明明自己可得，也要再三推辭才接受。正如演唱會結束，明明會再唱三首，也要聽眾大叫「安哥」，才肯出場一樣。虛偽乎？禮教乎？

託孤妙計

話說劉備祖宗大敗退回白帝城，染病不起，病況日漸嚴重。他已是六十過外的老翁，這次大敗，身心都受嚴重的傷害。他自知不久於人世，命人請孔明、劉禪趕來送終。

劉備對孔明說：「我得到丞相的協助，才得到帝業。我的知識何其淺陋，不採納你的忠言，自取其敗，悔恨已晚，現在隨時可能死亡，嗣子又年幼，不得不託大事給你了。」

當時劉禪剛好十六歲，說年幼並不太年幼，說成年，亦非是成年。劉備專登說「嗣子孱弱」這四個字，就為他稍後的遺囑作了伏線，各位細心研究，他臨死時的政治手腕罷！

劉備再說：「我讀書不多，粗知大略，聖人云：鳥之將死，其鳴也哀，人之將死，其言也善。我本來想和你們一班大臣同滅曹賊，共扶漢室，可是不幸中途捨你們而去，勞煩丞相把遺詔交給劉禪，使他們知道這張遺囑並不是等閒的説話。凡事更望丞相教導他！」

劉備這番説話，極盡謙虛有禮，待孔明猶如老師一樣，一反他不聽孔明諫伐吳時的一意孤行態度。

為甚麼劉備會如此禮賢下士呢？莫非正如他所講，人之將死，其言也善嗎？

孔明是位聰明絕頂的人，立刻泣拜於地，誓效犬馬之勞，以報劉備知遇之恩。劉備食住條水，請出最動人的遺囑。他說：「你的才能比曹丕勝十倍，必能安邦定國，最終統一江山。假如我的兒子是個可輔助之材料，你可以幫助他；假如他不是個人才，你可以自為成都之主！」

這幾句遺囑可謂極其攻心計了，也是劉備一生之中，最佳的政治手段！曹丕的才幹與孔明相比，是否孔明勝之十倍，這是很難量度的。日後可否統一江山？亦是未知之數！劉禪不是人才，孔明可以自為成都之主，則明顯堵塞了孔明篡蜀為王的可能性。劉備明知孔明之才勝於其子劉禪千倍萬倍，自己一死，劉禪肯定不可以獨當一面主持大局。要是孔明野心勃勃，甚有可能取其位而代之。然而他向孔明先講，孔明還好意思奪劉禪的寶座嗎？

這是「以退為進」的招數，孔明哪會不知呢？假定劉備遺囑孔明為顧命大臣，不得篡位，那就使人覺得劉備疑心孔明篡位了。明主用人不疑，怎會不信賴孔明呢？以退為進，則既大方得體，亦收阻嚇作用，讀者諸君，唔到你唔服劉備的呀！

孔明聽了，果然汗流遍體，手足失措，泣拜於地道：「臣豈敢不盡全身的力量，盡忠貞之節，死而後已！」

劉備再三吩咐兒子聽從丞相教導，公開託孤於丞相，「迫」孔明誓死效忠劉氏家族！最後吩咐趙雲保護兒子，然後駕崩。享年六十三歲。

一唱百和的小人

翻看毛宗崗先生評《三國演義》第八十四回陸遜燒營七百里，他把周瑜在赤壁火燒曹軍與陸遜燒營作了一個比較。試把文言文譯出，以供大家欣賞：

「前文記述有用火攻破曹魏的周瑜，後文又有以火攻破劉蜀的陸遜。同樣是用火攻，陸遜所做的比周瑜所做的困難得多了！

「周瑜在東吳最有實力的時候，接受委命領軍；陸遜卻在吳師屢敗的時刻接受委命，這是他比周瑜困難理由之一。周瑜有同心拒敵的劉備，陸遜則受制於想收漁人之利的曹丕，這是困難之理由之二。那時周瑜有孔明、龐統幫助他設謀，黃蓋、闞澤、甘寧等人幫他打仗；陸遜卻犯了張昭的疑心，顧雍、步騭亦對他沒有信心，韓當、周泰都對他有疑心，這是困難的第三個理由。

「故此陸遜要執行領導軍事，實比周瑜困難呀！然而，說他有方便的地方，亦有較赤壁之役更方便的地方：周瑜在冬季放火燒船；陸遜在夏季放火燒營。冬天吹逆風，必須靠借來的東風才能燒。夏天吹順風，不必等待借得東風才去燒，這是陸遜方便的地方。周瑜在水上燒船，陸遜在林間燒營，水寨防衛森嚴，必要使人詐降才可以引火；旱路四通八達，不必使人詐降則可以引火，這就是他用火計方便之處。曹操本來不是鎖起船艦以供易燒，須有龐統之獻連環船之計；劉備的軍營，本來就互相連結。不是連結在一起的船隻，要使人用計使到它們連鎖起來以便焚燒；本來已自己連鎖起來的軍營，不必用計便容易連續燒毀，這是用火計方便的地方。陸遜有三種方便，剛好抵消三個困難，故此說，陸遜之成功，與周瑜是同等的。」

毛先生分析陸遜的處境的確獨具慧眼。當闞澤推薦陸遜時，老臣張昭曾經批評陸遜，他說：「陸遜乃一書生耳，非劉備敵手，恐怕不可重用！」另一謀臣顧雍也附和道：「陸遜年紀輕，聲望低，恐怕其他人不服；如果不服，則可能產生禍亂，必定誤了大事呀！」步騭亦說：「陸遜之才能只堪管理一個小小的郡，如果委託大事，不是適宜的呀！」

張昭乃孫策遺命的內政顧問，在東吳甚有牙力，說話有一定的份量。他之所以不推薦陸遜乃認為陸遜只是書生，不是領軍大將。單從外貌去判辨才能是十分不可靠的。很多有才能的人，外表都是「望之不似人君」，辨別才能應從他們日常的見解、做事的態度、處世的品格等等方面調查研究。張昭老爺肯定沒有細心考察過陸遜的能力便盲目反對用陸遜。假如孫權信他，就認真蛇都死了。

顧雍反對的理由更加荒謬，如果當權領導信任某人，賦予他全力的支持，其他人怎敢不服？不服陸遜即不服孫權也。

步騭更是一唱百和分子，只講評語，不講實際。他怎樣證明陸遜只是「才堪治郡」呢？現代社會，一唱百和，無理加嘴的人仍然存在，對自己所說的，似乎不必負責任一樣。這等小人，正是黃大仙籤語所述——正小人也，宜遠離之。

造謠

我聽聞清祖努爾哈赤常常讀《三國演義》，當它為一本兵書鑽研，清初與明軍大戰之際，亦經常應用《三國》中的計謀。很有名的一次用計，就是皇太極用反間計陷害了最具威脅的袁崇煥將軍。他被安排的罪名是「謀反」。明朝白白地殺了自己一員忠心而有用的大將，可謂「無益及無建設性」之最矣。

我讀《三國演義》至第一百回，亦發現有同一反間之計，努爾哈赤、皇太極兩位陛下是否由此段故事中得到啟示，我不敢妄加猜度，然而情況也十分接近。

當時孔明大勝司馬懿，回到祁山。李嚴手下茍安遲誤了送糧。孔明大怒，想以軍法治之，長史楊儀勸阻說：「茍安乃李嚴的手下……若殺了這人，日後送糧恐有點不方便。」他暗示勿開罪了後防支持的人員，以作長計。孔明赦免苟安的死罪，只是打了八十板屁股。

怎料苟安不甘心被責，竟然投奔魏營。司馬懿見苟安投誠，心生一計，利用他作為反間計的針線。他命苟安回成都散佈流言，說孔明有埋怨後主的意思，早晚想自己稱帝，那麼劉禪必定召他回都，解除對魏軍的威脅。苟安正得其報仇的機會。回到成都，立刻努力四處進行散播謠言的計劃。

這條計可謂極之毒矣。孔明當時的軍政權力龐大，真正主持着國家的人就是他。後主只不過是一位象徵式元首。說他「謀反」，說他「稱帝」，怎會不使人相信呢？周公旦老哥攝政之日，也曾經恐防這種流言呢！劉禪仁兄咪話唔驚，半信半疑之間問計於宦官。

這一班宦官是甚麼貨色，怎會善教劉禪呢？他們教劉禪召孔明還都，削其兵權，免生叛變。後主於是下詔，宣孔明班師。雖有蔣琬出諫，奈何劉禪質庸，借有機密事商議，把孔明從前線的勝利中硬生生拉回來了。

孔明見詔，仰天長嘆：「主上年幼（客氣話，免講庸碌而已），必有佞臣在側（忘記《出師表》的教導：親小人，遠賢臣，此後漢所以傾頹也）……我如不回，是欺主也。……」最後決定班師回朝，還要添竈退兵，才可以免魏軍追殺。

回到成都，入見後主，孔明問：「老臣出了祁山，欲取長安，忽聞陛下降詔召回，不知有何大事？」劉禪啞口無言，良久，才假借理由說不見丞相太久，心裏十分思念，故特詔回，別無他事。

孔明真係畀佢吹脹，奈何他是皇帝，自己是臣下，不便發作，只得點明有內奸作祟，把一應散播謠言的宦官誅滅，深責蔣琬、費禕一班近臣不覺奸邪，規諫天子。連忙又再出兵去了。

姑勿論皇太極是否參考這一段故事，我們也要參考它。用人沒有信心，容易受謠言所煽動，必中反間計。相信謠言非智者所為也！

善意懷疑

張昭向孫權獻計，假說吳國太病危，欲見親女，令心腹劫孫夫人回東吳，並教唆她帶同劉禪一起渡江。劉備只得獨子，定把荊州來換阿斗。此計陰毒之極了。張昭利用親情，欺騙孫夫人回娘家，再利用孫夫人作賊，脅持人質以換荊州。

孫夫人恰恰中計。孫夫人之中計，因為她日夜思念母親，她處於戰爭的夾縫之間，左右做人難。

按道理，她孤身回吳，理可明白，要她「帶同」並非親生兒子阿斗回吳，是一個很大的陰謀破綻。孫權帶來的信息，是吳老太希望臨終一見「乖孫」，如果孫夫人細心一想，媽媽為甚麼要見乖孫，便會產生疑心了。可惜，孫夫人在心緒大亂的時候，並不從「陰謀論」的思想出發，全心全意相信了孫權。

做人處世，處處從「陰謀論」出發，必定不舒服的過活。然而，考慮事情，只從樂觀處着想，亦往往中招。適宜從兩端分別着想，分析兩端的利弊和後果，或者會有所發現，便於作最後取捨。孫夫人性格剛愎自用，只相信自己的直覺，差點誤了夫家。

獻謀基本法

劉璋始終相信劉備乃仁義君子，他的下屬，始終相信劉備有不軌之心。當劉璋決定撥老弱殘兵支援劉備時，備大怒，龐統進計。龐統說：「某有三條計策，請主公自擇而行。冒夜兼道襲成都是為上策；引殺劉璋二將，先取涪城是為中策；連夜退回荊州是為下策。最下下策是沉吟不去，將至大困。」

不討論龐統三策的利害，先討論下屬獻計的「基本法」。凡向老闆上司獻計，最忌只列一條。只有一條計策，老闆上司便會感覺下屬「迫」他接納，是頂不願意接受的。或者老闆上司覺得獻計者考慮並不周詳，缺乏機靈變化，做事粗心大意了。愚見：宜預備起碼三條計策，對於自命不凡的老闆上司，不可標明上中下三策，判別上中下宜由他作主。有時，老闆上司心中已有計謀，企圖考察下屬心思，下屬太過主觀，不是美事的。有時，老闆上司企圖借下屬所思，刺激自己的想法，所獻之計，只看作「啟示」而已，下屬亦無須失望。所謂「一人計短，二人計長」，獻謀忌主觀，忌單薄也。

中間落墨

龐統所列的三策，原意甚妙。他精心計算劉備的應變心理，早已知道劉備必取中策的。估計老闆上司應變的心理、處事的態度，至為重要。此說並非教導下屬「捉老闆用神」，一切奉承着老闆上司心意而獻計，而是順應着時勢，順應着性格特點，作出最合身的建議。劉備認為上計太速，下計太緩，中計不疾不緩，可以行之。這表現了劉備一向的穩陣性格。猜度龐統首先決定了中策，然後以中策為中心，設立上下二策，以上下二策，襯托出中策的合適性。這種安排，也是獻策的人必須了解的。

假若是一個絕佳的建議，獻策的人宜把此策放在數策的中間，上蓋以急進的計劃，下托以緩慢的計劃。假若有一個優良的設計圖，也應安放在計劃書的中部，上下以較為急進及保守的設計圖襯托之。凡主事的人，都喜歡選擇「中間落墨」的計劃。心理上認為「中間落墨」可進攻，可防守，風險有限。

然而，間中亦有過急的或過緩的主事人。最惡劣者，是永不下決定的上司。

利用弱點

人不可以貌相，張飛相貌長得粗魯，滿面髯鬚橫飛，脾氣亦剛烈如火，看上不似胸懷計謀的人。

誰知他的兵法，不讓劉營謀士。長坂坡一役，橫矛嚇倒追來的曹兵，便是「空城計」的模式；詐醉大敗曹將張郃，是一齣好戲。他聰明之處，在於巧妙利用個人的「弱點」騙到敵人。

話說張郃引兵來攻巴西，兩軍對峙，張郃只堅守不出。張飛見強攻不利，巧施妙計。

張飛在山前紮寨，每日飲酒，飲至「大醉」，坐於山前辱罵曹軍。

劉備據報，以為張飛好杯中物，失誤戎機，諸葛亮認為，張飛正在用計。

張郃觀察張飛所為，誤以為他荒廢戒備，計劃乘虛劫營。哪知張飛「大醉」實是引誘張郃出兵的詭計，張郃入了圈套，大敗一場。

計謀之事，利用自己的優點，固然好事，利用自己的弱點，也是好計。敵人誤會乘虛而入，正好手到擒來。即使猜度是虛是實，亦令對手猶豫不決的。

鄧芝外交

諸葛亮派鄧芝為說客，赴東吳「說利害」，真是《三國》一齣上上好戲。辦外交、辦交涉、搞政治的人，不可不細讀。

話說曹丕命孫權參加五路大軍攻蜀，孫權問計於陸遜，陸遜教他看準其他四路兵的成敗才好動手。此乃「走精面」之計也。及鄧芝到吳，張昭已知是諸葛亮退吳兵之計，教孫權以「威」恐嚇鄧芝，看他如何應對。

孫權命在殿前立一大鼎沸油，召一千高大威猛武士侍候，大有一言不合，油泡鄧芝之意。威嚇來使之佈置，用以考驗他的膽識與意圖，把己方處於極之優勢的地位，壓抑對方於最惡劣的環境，從而使所爭議的事情，獲得絕頂優勢。

鄧芝不吃此套，蓋胸有成竹，並且識破此局了。鄧芝面無懼色，對孫權只長揖不拜。此乃鄧芝的「反心理威脅」的身體語言也。繼而他以一介儒生的身份，說：「特為吳國利害而來。」這是「剛柔互用」的外交手法。外交手法不可全剛，也不便全柔，全剛則易於翻面，全柔則示人以弱。

鄧芝繼而諷刺孫權「何其局量之不能容物耶？」便令堂堂吳主，聞言惶愧。外交上先取得心理上的反敗為勝。

獲得孫權賜坐，鄧芝第一句說詞，就準確地擊中孫權的心理要害。這是非常重要的一句話。辦交涉的人，形勢合適時刻，最要「一箸夾中」。他說：「大王欲與蜀和？還是欲與魏和？」

孫權內心，早就有此疑惑，正是猶豫未決的政治部署，也是他部下未能為他解決的問題。鄧芝「擊中」這個問題，孫權自然希望從他口中探索答案。鄧芝勾出此題，說客的說詞便有基礎了。

孫權可以答說「欲與魏和」，也可以答說「欲與蜀和」，反正都是想深入詢問鄧芝的見解。「欲與魏和」顯示出懦弱懼魏，倒不如「欲與蜀和」得體大方了。豈料鄧芝早預答案，馬上跟進，第一句先盛讚孫權「大王乃命世之英豪」，第二句嚇以「諸葛亮亦一時之俊傑」。稱讚對方是和緩氣氛，表示友善的技巧，辨外交不可不備。

鄧芝見孫權「受落」讚詞，馬上轉入正題，先說聯合之利。「蜀有山川之險，吳有三江之固，若二國連和，共為唇齒，進則可以兼吞天下，退則可以鼎足而立。」

說以利害的規則，宜「先讚後嚇」、「先言利，後言害」的。請留意：有讚必要有嚇，有言利必要言害，讚嚇、利害是互相交用、質量相等的。

先言利，使對方充滿信心，有興趣繼續聽下去；後言害，使對方失卻信心，也有興趣追求解決為害的辦法。

鄧芝說害，挑選孫權最擔心的事項來恐嚇，一擊便正中他的「死穴」。鄧芝說：「今大王若委贄稱臣於魏，魏必望大王朝覲，求太子以為內侍，如其不從，則興兵來攻，蜀亦順流而進取，如此江南之地，不復為大王有矣！」說到「贄太子」，說到「魏伐吳」，再說到「蜀拖後腳」，孫權豈能不驚？孫權終日擔憂者，便是此三害也。鄧芝使孫權情緒在短短數秒內大起大落，心如鹿撞，便是掌握了全盤外交優勢。

雖然《三國演義》並沒有描寫孫權當時面色，但不難看出，他臉上忽然轉紅，忽然轉黑的。鄧芝鑒貌辨色，知道已經攻入孫權內心，便來一招「怪招」了。讀書至此，不期然笑起來。

鄧芝說：「若大王以愚言為不然，愚將就死於大王之前，以絕說客之名也。」說畢，解開上衣，走下殿前，望油鼎中便跳。

孫權驚魂未定，又見鄧芝跳鼎，急忙阻止，請入後殿，以上賓之禮相待。

鄧芝其實「迫」孫權馬上表態。辨外交者不可不知者，當說詞生效的時候，對方的情緒最為激動，最容易接受所說。如果讓孫權冷靜下來，慢慢思索，或者被其他謀臣左諫右勸，則有礙所請。粵語所謂「打鐵趁熱」、「食住上」之意也。鄧芝用「跳鼎」動作「迫使」孫權馬上回應、馬上私下斟酌，避免無謂的延遲，是上上之計。孫權請入後殿，意味着以較為親密的環境與友善的態度商量計策，鄧芝的外交已成功大半了。

觀此一幕，所啟示的資料甚為豐富，宜好好學習者也。

空城計

「空城計」是諸葛亮一生戎馬生涯中最得意的傑作，後世人大都驚嘆孔明智慮過人、膽識超凡。然而，此並非「必殺」的計略，容我分析。

事緣街亭失守，諸葛亮知道伐魏計劃就此完蛋，馬上部署撤軍。退兵與進兵都是行軍大事，退得不好，潰不成軍，落得嚴重慘敗收場。諸葛亮退兵，比進兵更加用心，更加謹慎的呀。

正部署妥當，忽聞司馬懿大軍望西城而來。此時，只餘下一班文官及二千五百士卒而已。

諸葛亮臨危不亂（不亂是條生路），傳令收好旌旗，不准士卒高聲言語，大開四門，每門用二十名軍士扮作老百姓，灑掃街道。然後輕鬆地披鶴氅、戴綸巾，引二小童，攜琴坐於城上，憑欄而坐，焚香操琴。司馬懿兵臨城下，見孔明笑容可掬，四城門又大開，百姓悠閒，不似戰爭狀態，反而一驚，由於他太熟悉孔明一生謹慎的性格了，斷斷不會如此輕率，疑心內裏伏有奇兵，於是下令撤退。雖然兒子司馬昭不信，司馬懿為防萬一，亦下退兵之令。

諸葛亮向「空城」內受驚的下屬說：「此人（司馬懿）料吾生平謹慎，必不弄險（回應他不願弄險攻打咸陽），見如此規模，疑有伏兵，所以退去。吾非行險，蓋因不得已而用之。」

請讀者注意「不得已而用之」六字。「空城計」並非正常的計略，唯有在數十年行為規律被對手認識清楚之後，在非不得已的時候才施行一次。估計諸葛亮想出「空城計」時，內心沒有十分把握，博一博對手不敢魯莽入城而已。司馬懿已奪軍事要地，成功克制伐魏的蜀軍，始作萬全之計，不敢貿貿然冒險。假若司馬懿軍事失利，沒有選擇之下，必定甘冒風險，看一看諸葛亮虛實。這是心戰的僥幸勝利耳。

「空城計」的啟示，在於「虛實」運用。行為規律習慣以「實」，偶然行「虛」，「虛」才有力量，相反亦是。然而，作一次「反常」的行為，大都是沒有足夠客觀條件支持的，故此，善於計謀者，不必以「空城計」為天下第一絕橋。「空城」只可一生一次，視之為常規，總會吃虧的。

心靈橋樑

司馬懿接受婦女衣服之辱後，屬下眾將皆忿忿不平。眾將之不平，因為沒有司馬懿大將的風度，也沒有他深思熟慮的機心。一個精明的領導人，必須處處考慮屬下的情緒，處處關心屬下的觀點。勿以為領導人則可以獲得特權，不理會「民情」，即使深信一己之見有長遠的利益。

司馬懿馬上想出紓緩屬下情緒的方法。他說：「吾非不敢出戰而甘心受辱也，奈何天子明詔，令堅守無動，今若輕出，有違君命矣。」於是親筆上奏天子，聲明受辱乞求出戰。朝廷中群臣，覺得請戰者來得出奇，是他主張堅守不出，何故又上表求戰？衛尉看到玄機，知道這是「求救」的信號，解釋清楚之後，仍然嚴禁出戰。

讀者注意，上司下屬最重要有合作默契。有默契，事情便容易辦理了。

上司下屬須建立良好的「心靈橋樑」，大家獲得共識之後，互相信任，互相諒解，溝通順利。司馬懿與曹叡有默契，利用不可違背的皇命，平息諸將出戰的心情。

「三顧草廬」的心戰計劃（劉備）

劉備三顧草廬成為民間禮賢下士的典範。《三國演義》特別詳細描述劉備的真誠與決心。

後世評述這宗事件，大都稱讚劉備求賢若渴，產生疑幻疑真的心理，每當遇上衣服奇異、相貌古怪的人，都誤為孔明。然而，值得注意的地方，還有很多。首先，劉備決定親自走入深山邀請。即使劉備顛沛流離，處處碰壁，他仍然使用高調的銜頭，劉備自我介紹時用：「漢左將軍，宜城亭侯，領豫州牧，見屯新野皇叔劉備。」將軍，源起於戰國時武官的名稱，分開的等級很多，「左將軍」是中級的將軍。亭侯，是漢代列侯之一，侯有食邑（分封地），論功行賞，功大的食縣，功小的食鄉、食亭。所謂「亭」指秦朝時代，地方政府的一種等級，鄉大於亭，亭大於里。州牧，是在東漢時，為鎮壓作亂，設立的地方官職，全權掌握全州的軍政大權。皇叔嘛，劉備查族譜，認是漢皇景帝玄孫，中山靖王之後，打起算盤來，比漢獻帝高出一輩，故此自稱「皇叔」。這是劉備在江湖中自高的身價。

劉備自稱的身份大異於庶民，在封建時代，屬於「貴族」中人，諸葛亮當時只是山野之夫，勞動貴人親身尋訪，確是紆尊降貴的呀。

劉備曾用徐庶為軍師打勝曹仁，對於軍師人才萬分重視，況且水鏡先生一再推薦，心中確認必要敦請高人出山，協助日後爭霸的大計。一般的領導人未必存有此種心態，甚多認為自己便是總司令，兼總參謀長，沒有人比自己更聰明、更有統領能力。這些領導人決不願意僱用軍師，似乎有了軍師，自己便是「受命於人」，矮了人家一截。殊不知，計謀策略是全靠專業人才的，並非軍師專才，計謀膚淺而已。況且在任何鬥爭之中，領導人當局，必定着迷，總不及平心靜氣的參謀深思熟慮。

劉備之「智」，在於有自知之明，懂得以「高貴」的身份號召，以卑恭的態度發掘輔助下屬。更難得的，是他不以權力、名譽、金錢作為招攬人才的動力，劉備以真誠打動替他效命的人才。這是大有特色的招攬人才秘訣。

話說劉備初次探訪孔明未遇，張飛負氣地要求回家，劉備故意在草廬等待片刻。劉備明知等待是沒有結果的，他以「等待」的一股傻勁，感染看門的童子。孔明回來，童子回報劉備不願離去，增加劉備顧賢的誠意。這是劉備對孔明的心理戰。

第二次探訪之前，劉備已獲線報，知道孔明在家。張飛勸說：「量一村夫，何必哥哥自去，使人喚來便了。」劉備叱之。叱之，不客氣的責備，他說：「汝不讀書，豈不聞孟子有云：『欲見賢而不以其道，猶欲其入而閉之門也。』孔明當世大賢，豈可召乎？」

當時，劉備未請教孔明，只是聽取水鏡先生、徐庶的介紹，然而已對孔明懷有莫大的信心。這是幹大事人物的心態。現在的人，甚麼都不相信，對於任何人等都有懷疑之心，絕不首先付出對人的信任。現在用人的小家想法乃是：首先假設所用的人懷有異心，直至所用的人不斷證明所猜疑的只屬想像，才願意加以信任。如劉備般事前完全信賴孔明的，億萬人沒有一個。

張飛提議「使人喚來」。為甚麼惹起劉備憤怒呢？領導人差人召喚屬下，於禮並無不合的呀！這是中國傳統文化的問題。封建社會，賢德的人、年長的人、輩份高的人，都受到額外的禮待。那些人物，自居於受崇敬的地位，亦具有「崖岸自高」的心理。風俗習慣上，禮儀規矩上，都默默認可這一套尊敬賢德人物的禮節。張飛不懂這種社會規範，故此粗莽地提議「使人喚來」。現代社會洋習慣流行，尊崇賢德，齒高、輩長之禮漸漸失傳，代之以尊崇金權、武權、政權。很多領導人以為運用各種權力便可以招攬人才，故此有「銀彈政策」、「虛名政策」的招數。這等招數確有短暫的威力，在很短的時間內發揮功用，可是決不可以長久感動人心。當金錢、名譽的魚餌吃光時，或者無以為繼時，或者稍加調整時，人才便馬上流失。

如此招攬而來的人才，心底沒有任何歸屬感，對於所事的主公，亦沒有「忠」、「誠」的心理。領導人以名利相誘，下屬惟名利而效力，較高的名利必破此招。

將在外君命不受

繼續與各位研究諸葛亮先生的戰術理論。〈將剛篇〉中云：「善將者，其剛不可折，其柔不可卷，故以弱制彊，以柔制剛。純柔純弱，其勢必削；純剛純彊，其勢必亡；不柔不剛，合道之常。」剛柔的道理，自古便有説明和解釋。用現代語言來説，「剛」可解釋作剛強、強硬、肯定、果決、堅毅等等。「柔」可解作忍耐、謙讓、包容等等。表面看來，「剛」「柔」是恰好相反的態度，「剛」「柔」一如水火，兩者不可同時存在。然而在中國傳統的解釋中，「剛」「柔」卻可互相容納、互相牽制、互相補足、互相利用。作為「將才」，即領導人員，亦必要了解到「剛」「柔」互濟的道理。處理人事時，太過強硬，必定不能周圓，或兩敗皆傷，或勝不償失，何苦來由？太過柔弱，卻容易委曲，失去了意思，雖勝猶敗。孔明先生指出，應適當地運用剛柔的態度、措施，亦以不柔不剛的做法去處理。「不柔不剛」指沒有固定的方針，而是根據實情的發展而施行所謂「以弱制強」，似乎是不邏輯的說法，細心一想，凡人或事，必有其缺點，攻擊它的缺點，就一如打中其「死穴」，不用強大的力量，亦可置之死地也。

〈不陳篇〉開首有云：「古之善理者不師，善師者不陳，善陳者不戰，善戰者不敗，善敗者不亡。」用現代的解釋就是：能幹的領導不會依賴軍隊，善於領軍的不願引起戰爭，善於用兵者並不一定要交戰，長於作戰的不會失敗，而懂得為何失敗者不會滅亡。

再引申在日常生活中，有很多事情並不真正須要對峙、對敵、比較才能解決的。最高境界的領導人員，應該經常避免損耗太深的爭鬥。一旦陷於爭鬥的情況之下，任何物資、人力都會迅速消耗，如果能夠用不鬥爭的方法去解決，豈不是最佳的方法。

當然，訴之於武力、訴之於實力的比較是最實在、最基本的競爭方式。然而為領導人亦可計量所付出代價及所獲得的收益，兩害相權，取其輕者，才是上算也。只顧強拼，不曉周遭事態者，只是匹夫之勇矣。

諸葛亮先生也指出「時勢」「氣候」亦是很重要的戰略之道。這裏的「時勢」「氣候」乃泛指一般的形勢。如要一件事情順利完成，作為掌舵的人，必定要先看風勢（「看風駛帆」這一個形容詞句並不含有譭意，但凡駛帆，必定看順風勢）。如風勢、氣候合適，便可依此順勢而成，否則，可能卸下帆帆，暫避風頭，伺機再行駛帆矣。又或者，善於運用戰略者，會借勢製造風頭，搞起氣候，而利用搞起的氣候，順利扯帆前進。

在〈機形篇〉中有云：「以智克智，機也。」機的意思，就是「機勢」。孔明分析有三種機勢：事機、勢機、情機。凡事情發生之前，必定有蓄養這件事情發生的因由，能夠細心了解這種因由，就是了解到事態的機勢。這是非常科學化的管理方式，亦是現代人崇尚的調查研究，然後部署的行政功夫。想不到二千年前，偉大的軍事政治家已經瞭如指掌矣。

在全部《將苑》中，使我印象最深的，是〈假權篇〉。〈假權篇〉的中心思想，就是要領導人信賴將帥，把權力交出來，好讓他們忠心效命。

孔明比喻說：「君主不把賞罰大權交給將帥，就好像把猿猴的手足綁實，又斥令牠攀爬樹木。」這是極端矛盾而不可能的事。假如君主不信任將帥，可以不用他而改用他人。委以重任，卻又不放手任他執行，簡直自毀長城也。現在各位一定會譏笑鄙人曰：「世上怎會有如此愚蠢的君主呢？」其實，世上這種君主、老闆比比皆是。凡君主老闆必定自信為萬能泰斗，他自己本人就是最佳的將才，手下只不過是次級幫閒而已。持有這種觀念，他必然不肯把將兵大權交代，處處要親力親為，親自主理。可惜人到底不是萬能的（人只是自以為是萬能的蠢動物），不能為將，就卒不能為將，又不假權於將，終須慘敗而死咗唔知點解也。

孔明更借孫武、周亞夫之口，強調將帥的權力範圍，孫武曰：「將在外，君命有所不受。」周亞夫曰：「軍中聞將軍之命，不聞天子之詔。」由此可見，真正執行任務的「將」是何等重要，亦分出只作象徵領導與實際領導之間的比重，以及真確的重要性也。